KB261655

해석의 갈등

강웅식 _ 姜雄植

강원도 강릉 출생. 경희대학교 국문과 및 고려대학교 대학원 국문과 졸업(문학박
사). 1993년『세계일보』신춘문예에 문학평론이 당선되어 등단. 저서로『시, 위대
한 거절』『텍스트에서 경험으로』『텍스트의 이해와 욕망의 교육학』『김수영 신화
의 이면』등이 있고,「김수영의 시의식 연구」「조지훈의 생명시론과 그 초월론적
성격」등 다수의 논문이 있다. 현재 고려대에 출강.

청동거울 문화점검 32

해석의 갈등

2004년 5월 15일 1판 1쇄 인쇄 / 2004년 5월 20일 1판 1쇄 발행

지은이 강웅식 / 펴낸이 임은주
펴낸곳 도서출판 청동거울 / 출판등록 1998년 5월 14일 제13-532호
주소 (137-070) 서울 서초구 서초동 1359-4 동영빌딩 / 전화 02)584-9886~7
팩스 02)584-9882 / 전자우편 cheong21@freechal.com

주간 조태림 / 편집 곽현주 / 본문디자인 하은애
영업관리 김형열

필름 출력 (주)딕스 / 표지 인쇄 금성문화사
본문 인쇄 이산문화사 / 제책 광우제책

값 10,000원

잘못된 책은 바꾸어 드립니다.
지은이와의 협의에 의해 인지를 붙이지 않습니다.
무단 전재 및 무단 복제를 금합니다.
© 2004 강웅식

Copyright © 2004 Kang, Woong Sik.
All right reserved.
First published in Korea in 2004
by CHEONGDONGKEOWOOL Publishing Co.
Printed in Korea.

ISBN 89-5749-019-1

청동거울 문화점검 32

해석의 갈등

김수영의 풀 다시 읽기

강웅식 지음

청동거울

머리말

최상의 품위를 지니는 작품들은 해석을 기대한다.
작품에서 해석할 바는 아무것도 없다고 한다든지
작품은 그저 단순히 존재할 뿐이라 하는 말은
예술의 경계선을 없애는 일이댜.
—T.W. 아도르노

그랬다. 「풀」은 언제나 내게서 해석을 기대하는 듯했다. 「풀」이 과연 최상의 품위를 지닌 예술 작품인지에 대해서는 사람마다 의견이 다를 수 있다. 약 20년 전에 「풀」한 작품만을 대상으로 석사 학위논문을 쓴 이래로 적어도 내게는 그 작품이 최상의 품위를 지닌 예술 작품인 것처럼 다가왔다. 그렇게 「풀」은 언제나 내게서 해석을 기대했다. 그러나 「풀」은 언제나 나의 해석에 대해 만족하지 않았다. 앞으로도 「풀」은 부단히 내게 해석을 기대할 것이고, 여전히 내 해석에 대해서는 만족하지 않을 것이다.

텍스트의 의미가 다층적이고 다중적일 수밖에 없다는 사실을 왜 모르겠는가. 텍스트의 의미가 다중적일 수밖에 없는 것은 테스트의 구성 요소들인 낱말들의 의미가 다중적이기 때문만은 아니다. 텍스트는 다양한 구성 요소 또는 계기들을 어떤 짜임관계로 포섭한 결과이다. 그것은 하나의 전체이자 동적 체계이다. 따라서 텍스트는 그 나름의 동등한 자격에 따라 따로따로 이해될 수 있는

문장들의 열거가 아니다. 부분과 전체의 문제가 제기될 수밖에 없고, 그렇기 때문에 텍스트를 이해하려는 사람은 이른바 해석학의 순환론에 연루될 수밖에 없다. 요컨대 전체라는 전제가 없다면 부분들은 나름의 자리값을 가지지 못할 것이고, 전체를 해석하려면 자세한 부분들을 해석해야 한다. 전체와 부분의 관계는 항상 어떤 특정한 판단을 요구한다. 우리는 어떤 부분이 다른 것들에 비해서 더 중요하며 더 본질적인 것인지 판단해야 하는 것이다. 해석의 필요가 발생하는 것도 바로 이 지점이다. 중요한 것과 중요하지 않은 것, 본질적인 것과 비본질적인 것을 판별하는 데 증거도 필연성도 없기 때문이다. 그러므로 중요성이나 본질에 대한 판단은 추측이다.

텍스트 해석의 첫 단계가 추측이라는 점 때문에 해석의 갈등이 생겨난다. 모든 추측은 그 타당성이 검증되어야 하는데 이 때 검증이라는 것은 경험적 증명의 논리보다는 확률의 논리에 더 가깝다. 증명(verification)이란 하나의 결론이 옳다는 것을 보여주는 과정이라면, 검증(validation)은 이미 알고 있는 것에 비추어 하나의 해석이 비교 우위의 개연성을 가지고 있음을 보여주는 것이다. 그러므로 검증은 법 해석의 재판 절차에 비교될 수 있는 논쟁 과학이다. 그것은 불확실성의 논리이고 질적 확률의 논리이다.

검증 절차의 속성에는 반증의 역할을 하는 요소가 개입되는데, 그것은 경쟁적 해석들 사이의 충돌이다. 어떤 하나의 해석은 그 자체로서 개연성이 있어야 할 뿐만 아니라 다른 해석보다 더 큰 개연성이 있어야 한다. 이처럼 텍스트를 해석하는 과정의 필연적인 절차가 바로 해석의 갈등이다.

「풀」을 대상으로 석사학위논문을 쓴 이래로 기회가 닿을 때마다 논문을 쓸 당시의 추측의 타당성을 검증해보곤 하였으며, 그 때마다 해석의 갈등에 휩싸이곤 하였다. 이 책은 그러한 갈등을 나름으로 중재해보고자 했던 경험의 축적에서 비롯된 것이다.

20년 전에 석사학위논문을 쓸 때나 지금이나 「풀」을 이해하는 데 관건이 되는 것은 "비를 몰아오는 동풍에 나부껴/풀은 눕고"라는 구절과 "날이 흐리고 풀뿌리가 눕는다"라는 구절에 대한 해석이라고 생각한다. 최근에 우연히 그 구절들에 대한 추측의 개연성을 이전보다 훨씬 더 높일 수가 있었다. 황동규 시인의 추측과 민중주의자로 지칭된 분들의 추측이 갈등을 일으킨 지 30년이나 지난 시점에서 그 동안 「풀」의 해석과 관련하여 축적된 추측들의 갈등 양상을 살펴봄으로써 「풀」에 대한 이해를 심화시킬 수 있으리라는 기대가 이 책을 구상하게 하였다. 제1부에서는 「풀」에 관한 해석의 갈등 양상들을 정리하면서 나름의 이해를 토대로 그 갈등

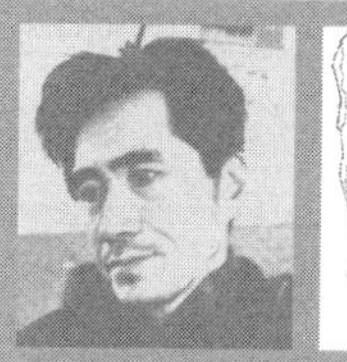

을 중재해보고 싶었다. 제2부에는 필자의 석사학위논문을 거의 수정 없이 그대로 실었다. 제1부의 〈다시 읽기〉에서 이루어진 해석의 내용과 석사학위논문의 내용의 비교가 하나의 텍스트에 대한 이해의 심화 과정과 연관된 사례를 보여줄 수 있으리라 판단하였다. 제3부에서는 필자가 「풀」을 해석하는 과정에서 도움을 받은 글들의 핵심 부분들을 발췌하여 수록하였다. 해석의 갈등의 구체적인 자료로 활용할 수 있을 것이다.

두 분의 결정적인 도움이 없었다면 이 책은 세상에 나오지 못했을 것이다. 지도교수이신 최동호 선생님께서는 오랫동안 보아온 제자의 속내를 읽으시고는 출간이 이루어질 수 있도록 큰 힘을 주셨다. 언젠가 황현산 선생님에게서 '제자는 결코 스승을 넘어설 수 없고 다만 달라지려고 노력할 뿐'이라는 취지의 말씀을 들은 적이 있다. 이번 일을 겪으면서 황현산 선생님의 지론에 공감하고 동의할 수 있게 되었다. 거친 원고를 들고 갈 때마다 싫은 내색 한 번 없이 항상 웃는 얼굴로 맞아주는 청동거울의 조태봉 실장께도 진심으로 감사의 마음을 전한다.

2004년 5월
강웅식

차례

머리말 ● 4

제1부 「풀」에 관한 해석의 갈등과 그 중재를 위하여 ● 13

1. 문제 제기 : 「풀」의 저항력 ● 15

2. 「풀」에 관한 해석의 갈등 ● 20

1) 갈등의 기원 ● 20

2) 민중주의적 관점의 확대 수용 ● 29
  (1) 상징의 확대 : 김춘수 · 박진환의 경우 ● 29
  (2) 독창적 관찰과 감각적 진실 ● 31
    ① 이남호의 경우 ② 김기중의 경우
  (3) '일어나는 풀'의 역설적 기원 : 정재서와 최동호의 경우 ● 36

3) 민중주의적 관점의 거절과 새로운 대안 ● 38
  (1) 관찰자와 웃음의 체험 ● 38
    ① 김현의 경우 ② 성민엽의 경우
  (2) 실존과 자유의 상징 ● 43
    ① 김종철의 경우 ② 김경숙의 경우 ③ 유재천의 경우 ④ 김혜순의
    경우

(3) 리듬 · 초월성 · 순수시 ◈ 48
①서우석의 경우 ②한영옥의 경우 ③김인환의 경우

4) 비판적 해석의 관점 ◈ 53
(1) 행복한 우연 : 유종호의 경우 ◈ 53
(2) 「풀」의 허무주의 : 금동철의 경우 ◈ 54

5) 「풀」 해석의 난제들에 대하여 ◈ 56

3. 「풀」 다시 읽기 ◈ 59

1) 바람과 풀의 관계 ◈ 59

2) 심층 대립항 ◈ 63

3) 새로운 해석의 의미체 ◈ 66

4. 김수영 문학과 「풀」의 위치 ◈ 75

1) 김수영 문학과 폭로적 자기 분석 ◈ 75

2) 김수영 문학의 윤리적 주체 ◈ 79

3) 시의 사건과 구조 ◈ 85

4) 「풀」의 작품 완성도 : 상징성과 초월성 ◈ 91

5. 결론 ● 96

제2부 풀의 자율성과 초월적 암호 : 김수영의 시「풀」연구 ● 99

1. 서론 ● 101
   1) 문제제기 ● 101
   2) 연구방향 ● 103

2. 본론 ● 104
   1) 통사론적 접근 ● 104
     (1) 문장의 주어 ● 105
     (2) 문장 형태의 반복과 빈도 ● 106
     (3) 문장의 서술어 ● 112

(4) 문장의 부사와 수식 양상 ● 114

2) 의미론적 접근 ● 115
   (1) 기존의 견해에 대한 검토 ● 115
   (2) 관찰자와 체험의 내용 ● 121

3. 결론 ● 141

제3부 해석의 변주 : 「풀」 연구자료 ● 143

제1부

「풀」에 관한 해석의 갈등과 그 중재를 위하여

「풀」에 관한 해석의 갈등과 그 중재를 위하여

1. 문제 제기 : 「풀」의 저항력

김수영이 마지막으로 쓴 것으로 알려져 있는 「풀」은 그의 문학을 이해하려는 사람들에게 매우 다양한 관심의 대상이 되어 왔다. 간혹 지켜지지 않은 경우도 있었으나 김수영은 20여 년에 걸친 시작 기간 동안 평균 한 달 내지 두 달에 한 편 꼴로 작품을 발표하였다. 원고에 남긴 작품의 탈고일에 근거할 때, 그는 작고한 해인 1968년에 모두 네 편의 작품을 썼다. 「성(性)」(1968. 1. 19), 「원효대사」(1968. 3. 1), 「의자가 많아서 걸린다」(1968. 4. 23), 「풀」(1968. 5. 29) 등이다. 이는 1968년에도 평소에 유지되던 작품 발표의 간격이 지켜졌음을 알려준다. 그런데 그 해에 발표된 다른 작품들과 비교할 때 「풀」은 매우 이질적인 작품이다. 김현의 지적처럼 「풀」은 "김수영적인 특성들, 자기성찰, 풍자, 야유, 탄식, 자학 등의 지적인 요소들과 어울리지 않는다."[1]

　애초에 사람들이 「풀」에 주목했던 것은 그것의 단순한 형태 때문이었다. 김수영의 전반적인 작품 성향과는 크게 대비되는 「풀」의 성격과 관련하여 한편에서는 김수영 문학의 진화 과정에서 그 작품이야말로 그가 정말로 쓰고 싶었던 작품이고 그 이후로도 지속적으로 쓰고자 했을 작품이라고 주장하는가 하면,[2] 다른 한편에서는 그 작품은 "행복한 시간의 우연"에 불과한 것이라고 주장하면서 그 이후로 그가 과연 그와 같은 작품을 지속적으로 추구했을 것인가에 대해서는 회의적인 입장을 보인다.[3] 여기서는 이들 두 사람의 논의에 대한 평가는 유보하기로 하겠다. 왜냐하면 앞으로 전개될 이 글의 논의 과정 자체가 그 논평을 대신할 것이기 때문이다. 아무튼 김수영의 「풀」에 대하여 연구자들이 가졌던 다양한 관심의 양상들을 한 연구자는 다음과 같이 정리하였다.

　「풀」은 논자들에 의해 김수영 문학의 극점으로 평가되는 작품이다(그런 평가를 내린 논자로는 김종철, 이시영, 황동규, 정현종, 유종호, 김주연, 오규원, 김현, 김준오, 서준섭, 정과리 등을 들 수 있다). 김수영의 시작 마지막 시기의 작품인 「풀」이 가장 완성도가 높다는

---

1) 김현, 「웃음의 체험」, 황동규 편, 『김수영의 문학:김수영전집 별권』(민음사, 1983), p.257.
　　황동규가 엮은 위의 책은 1981년에 민음사에서 나온 '김수영전집' 의 별권으로 기획된 것이다. 앞으로 이 책을 가리킬 경우 '전집 별권' 이라 약칭하기로 한다.
2) 황동규, 「정직의 공간」, 전집 별권, pp.125~128.
3) 유종호, 「시의 자유와 관습의 굴레」, 전집 별권, p.257.

것이다. 그러나 이와 같은 한결같은 평가에도 불구하고, 그렇게 평가를 내리는 이유는 저마다 다르다. '풀'은 "사회적으로 버림받은 인간군상의 생명력," "존재의 자유"(김종철)로 평가되는가 하면, "어둠 속에 자심을 열어놓고 흔들리고 있는 풀잎의 부드러운 힘," "마음의 기운이며, 힘," "내적 자유에 이른 공간,"(정현종) "행복한 시간의 우연,"(유종호) "시인 자신을 표현한 것,"(김주연) "정신 편력의 한 극점,"(김현) "민중을 감춘 실존적 상징의 의미,"(김준오) "김수영 생애의 한 귀결이었으며 동시에 새로운 삶을 위한 절대적 긴장"(정과리)으로 각기 다르게 평가된다.[4] (괄호는 필자의 것임)

핵심만을 압축하여 제시한 까닭에 그것들이 산출된 해석의 맥락을 파악할 수 없다는 아쉬움이 있긴 하지만, 위의 인용문은 이제까지 「풀」에 대한 논의가 얼마나 다양하게 이루어져 왔는가 하는 점을 잘 보여준다. 그런데 「풀」과 연관된 2차 문서들을 검토해 보면, 그토록 풍성하고 다양한 논의에도 불구하고 거기에는 근본적인 문제점이 내포되어 있다는 것을 발견하게 된다. 대부분의 논자들이 「풀」을 "김수영 문학의 극점"으로 평가하지만 정작 그 이유에 대해서는 구체적인 설명을 하지 않고 있다는 것이다. 위의 인용문에서 보듯이 어떤 설명이 없는 것은 아니나 그것들은 '풀'이 가리키는 지시 대상(내용)이거나 작품 「풀」에 대한 설명일 뿐이지 「풀」이 김수영 문학의 극점이 되

---

4) 김혜순, 「문학적 『장자』와 김수영의 시 담론 비교 연구」, 김승희, 『김수영 다시 읽기』, 프레스21, 2000, p.187. 앞으로 이 책에서 인용할 경우에는 '다시 읽기'로 약칭하기로 한다.

는 이유에 대한 설명은 아니다. 「풀」이 그의 작품들 가운데 가장 완성도가 높은 것이라면, 다른 작품들과의 비교를 통해 그 점이 해명되어야 할 터인데 기존의 논의에서는 그러한 접근을 찾아보기 어렵다. 이러한 사정은, 「풀」과 관련한 기존의 논의가 그 양적 풍성함에도 불구하고 매우 공허한 측면이 있다는 것을 반증해준다. 대개의 경우 마지막 작품이라고 해서 그것이 한 시인을 대표하는 작품이나 그의 최고 수준의 작품이 되는 것은 아니다. 김수영의 경우에는 독자들에게 가장 널리 알려져 있다는 의미에서 「풀」이 그의 대표작이 되었고,[5] 많은 연구자들에게는 그의 최고작으로 평가되고 있다. 거기에는 나름의 이유가 있겠으나 그것이 작품 자체를 이해하고 평가하는 데 결정적으로 중요한 단서가 되지는 않을 것이다. 우리에게 문제는 작품 자체에 대한 이해와 평가이다. 우리의 문제를 풀어 가는 과정에서 「풀」이 독자들에게 가장 인지도가 높은 대표작이라는 사실은 그렇게 중요한 고려의 대상이 되지 못한다. 작품 외적인 요인이 한 작품을 그 시인의 대표작으로 만들 수도 있기 때문이다. 그러나 「풀」이 김수영의 최고작으로 평가된다는 사실은 소홀하게 다루어질 사안이 아니다. 한 시인의 최고작은 어디까지나 작품 그 자체에 대한 해석과 평가를 근거로 선정되어야 하기 때문이다.

---

5) 김수영의 「풀」은 현재 7종의 고등학교 문학교과서에 실려 있다. 아래의 책 참조. 이남호, 『교과서에 실린 문학작품을 어떻게 가르칠 것인가』(현대문학, 2001), p.186.

　진정한 시를 식별하는 방법은 그것의 힘의 소재를 밝혀내는 일이라고 김수영은 말한 바 있다.[6] 김수영의 문맥에서 '힘'이라는 말에만 주목하게 될 경우, 「풀」은 어떤 힘을 지니고 있고 따라서 우리는 그것을 '진정한 시'의 반열에 올려놓을 수도 있을 것이다. 「풀」과 관련하여 이제까지 이루어진 수용 양상과 평가를 고려할 때, 그것은 저자의 환경이나 의도와 같은 작품 생산의 최초의 문맥에 지나치게 속박됨 없이 다양한 독서를 야기하고 독자들의 생각을 끝없이 자극함으로써 텍스트 자체의 힘을 보여 왔기 때문이다. 어쩌면 「풀」은, 그것의 분명한 의미가 어떤 것이든, 그 어떠한 원리나 체계로 쉽사리 환원되지 않고 그 어떠한 분석 전략에도 쉽사리 공략되지 않는 작품 자체의 완강한 저항력만으로도 우리 시문학사에서 중요한 자리를 차지할 수 있을 것이다.

　문학연구에서 우리가 흔히 대비하게 되는 두 가지 유형의 기획, 즉 '시학'과 '해석학'은 원칙상 매우 상이한 것이지만, 「풀」을 논의하는 자리에서는 언제나 그 두 가지 기획이 동시에 요구된다. 널리 알려진 대로, '시학'은 이미 획득된 것으로 합의된 텍스트의 어떤 의미나 효과와 관련하여 그것들이 어떻게 성취되었는가를 질문하는 기획이며, '해석학'은 특정한 시의 구절이나 행 그리고 텍스트 전체의 의미와 그것들이 궁극적으로

---

6) 김수영, 「생활현실과 시」, 『김수영전집 산문』(민음사, 2003), p.267. 1981년에 『김수영전집 시』와 『김수영전집 산문』을 각각 펴낸 민음사는 그 개정판을 2003년에 펴냈다. 이 글에서 김수영의 작품과 연관된 인용은 민음사에서 펴낸 개정판에 근거하였다. 이하 그 책들에서 인용할 경우 각각 '전집1'과 '전집2'로 약칭하여 쓰기로 한다.

말하려는 인간 조건과 관련하여 항상 새롭고 보다 나은 해석을 찾으려는 기획이다. 「풀」은 이제까지 이루어진 다양한 해석학적 관심에도 불구하고 아직 누구나 객관적으로 수긍할 만한 것으로 제시된 의미체(意味體)가 부재하기 때문에 우리는 그러한 의미체를 찾으려고 노력해야 하며, 동시에 그러한 의미체가 타당하다는 것을 논증하기 위해서는 그것이 어떻게 성취되었는가에 대해서도 설명을 해야 한다. 사실 개별 작품에 대한 논의에서 '시학'과 '해석학'을 결합시키는 것은 어쩌면 불가피한 일인데, 「풀」의 경우 그러한 결합의 밀도와 긴장이 최대화되지 않으면 그 어떤 것도 노출하지 않으려는 작품 자체의 저항력을 견뎌낼 수 없게 된다.

2. 「풀」에 관한 해석의 갈등

1) 갈등의 기원

「풀」에 관한 나름의 새로운 해석을 제시하기 전에 기존의 해석들을 먼저 살펴보고자 한다. 아래에서 보는 바와 같이 「풀」은 김수영의 작품들 가운데에서는 비교적 짧고 단순한 형태로 되어 있다.

　　풀이 눕는다.
　　비를 몰아오는 동풍에 나부껴

풀은 눕고
드디어 울었다
날이 흐려서 더 울다가
다시 누웠다

풀이 눕는다
바람보다도 더 빨리 눕는다
바람보다도 더 빨리 울고
바람보다 먼저 일어난다

날이 흐리고 풀이 눕는다
발목까지
발밑까지 눕는다
바람보다 늦게 누워도
바람보다 먼저 일어나고
바람보다 늦게 울어도
바람보다 먼저 웃는다
날이 흐리고 풀뿌리가 눕는다

―「풀」 전문

　　김수영의 시 「풀」은, 풀과 비와 날과 바람이라는 네 개의 명사가 '나부낀다' '눕는다' '일어난다' '운다' '웃는다'라는 다섯 개의 동사 그리고 '흐리다'라는 한 개의 형용사와 엇걸리는 관계가 단순하게 반복되는 형태로 되어 있다. 그러나 '바람' 과

'동풍', '풀'과 '풀뿌리'와 같은 유의어들을 사용하고, '드디어' '다시' '빨리' '먼저' '늦게' 등의 부사와 '까지' '보다' 등의 토를 다양하게 활용함으로써 '풀'의 움직임이 단순한 반복 이상의 어떤 의미를 지니고 있는 듯한 인상을 주고 있다.[7] 따라서 「풀」의 해석은 바로 그와 같은 '단순한 반복 이상의 어떤 의미'에 대한 해석이 중심 내용이 된다.

「풀」에 관한 해석들 가운데 가장 널리 알려져 있는 것은, '풀'과 '바람'을 각각 민중과 억압세력으로 보는 우의적(寓意的) 해석이다. 「풀」에 관한 우의적 해석은 흔히 민중주의자들의 견해로 알려져 있다. 그러나 누가 언제 어떤 지면을 통해 그러한 의견을 개진했는지에 대해서는 구체적으로 밝혀진 바가 없다. 그럼에도 그 해석은 「풀」을 게재한 고등학교 문학교과서들이 모두 채택하고 있을 만큼 작품에 관한 유효한 통찰로서 폭넓게 수용되고 있다.

그와 같은 우의적 해석에는 나름의 근거가 있다. 대개의 경우 우의(寓意)의 맥락은 뜻 겹침의 구조로 되어 있으며, 그 구조는 〈a가 b와 맺는 관계는 c와 d가 맺는 관계와 같다〉는 유비 관계를 바탕으로 한다. 「풀」에 관한 우의적 해석의 중추는, 작품에서 풀과 바람이 맺는 관계는 현실에서 민중과 억압세력이 맺는 관계와 같다는 것이다. 이 유비 관계의 난서는 "비를 몰아오는 동풍에 나부껴/풀은 눕고/드디어 울었다/날이 흐려서 더 울다가/다시 누웠다"라는 대목이다. '비를 몰아오는 바람'을

---

7) 김인환, 「소설과 시」, 『상상력과 원근법』(문학과지성사, 1993), p.109.

뜻하는 '비바람'은 대체로 강한 느낌을 주며, '시련'이나 '역경'과 같은 것을 연상시킨다. 눕는 동작은 일어나는 동작에 비해 상대적으로 수동적인 느낌을 주며, '패배'나 '좌절'과 같은 것을 연상시키기도 한다. 흐린 날씨는 맑은 날씨에 비해 상대적으로 어둡고 슬픈 느낌을 주며, '불행'이나 '시련'이 지속되는 상황을 연상시킨다. 「풀」의 우의적 해석은 이상과 같은 사실들에 근거하여 '풀'과 '바람'의 관계를 '민중'과 '억압세력'으로 설정한 다음, 작품에서 풀이 눕는 동작이 일어나는 동작보다 더 많이 반복됨에도 불구하고 오히려 일어나는 동작이 더 강하게 느껴지는 점에 주목한다.

이상에서 보는 바와 같이 「풀」의 해석과 관련하여 이른바 민중주의자들의 관점은 '풀(민중)/바람(억압세력)', '눕다(패배)/일어난다(승리)', '울다(슬픔)/웃다(기쁨)'라는 대립적 상징의 구도로 작품을 이해하는 것이다. 민중주의자들은 더 나아가 작품의 세 번째 연에 나오는 "바람보다 늦게 누워도/바람보다 먼저 일어나고/바람보다 늦게 울어도/바람보다 먼저 웃는다"라는 대목에 근거하여 강인하고 끈질긴 민중의 형상을 그려낸다. 민중이 비록 처음에는 억압 세력에 의하여 고통받고 슬퍼하지만 그 모든 시련과 고통을 이겨내고 마침내는 억압 세력의 힘마저 압도하며 웃게 되는 과정을 감동적으로 보여주는 것이 「풀」이라고 그들은 본다. 이와 같은 해석의 관점이 작품 자체에 근거하여 과연 타당한 것인가 하는 문제와 연관된 해석의 갈등이 「풀」에 대한 해석의 역사적 맥락을 구성해왔다.

민중주의자들이 제시하는 해석의 타당성 여부에 관한 문제는 여전히 해결되지 않은 숙제이다. 그 숙제를 푸는 것이 이 글의 과제이자 목적이지만, 그 전에 우리는 민중주의자들의 해석에서 그들 나름의 소망 사항과 이념적 지향의 내용을 살펴볼 필요가 있다. 그들은 사회의 변혁과 역사의 발전에 대한 나름의 신념을 가지고 그것의 실현을 위해 노력하는 사람들이다. 그들이 자신들의 신념을 현실 속에서 실현하는 데 핵심적 매개로 삼는 것은 민중이라는 개념이다. 많은 경우 지식인들인 민중주의자들은 그 민중에 대한 부채의식을 가지고 있고, 그들에게 살 만한 상황이 아닌 현재의 세상이 앞으로는 그들에게 살 만한 상황의 세상으로 변혁되어야 한다고 믿으며, 그 믿음과 그에 따른 실천을 긴급하고 절박한 윤리적 문제라고 생각한다. 문학의 영역으로 한정한다면 그들의 목표는 민중시학을 수립하는 데 있다. 살아 있을 당시에는 별다른 주목을 받지 못하다가 사후부터 집중적으로 조명을 받게 된 김수영 문학과 「풀」에 관한 논의가 활발해지기 시작하는 1970년대는 산업화의 진행과 함께 민중과 민중시학에 대한 논의도 활발해지기 시작한 시대였다. 이와 같은 맥락을 고려할 때, 「풀」에서 바람과 풀을 각각 억압세력과 민중의 상징으로 보는 민중주의자들의 관점은 그들 나름의 신념을 표현한 것이라 볼 수 있다. 바람보다 늦게 눕고 울어도 바람보다 먼저 일어나고 웃는 풀의 모습에서 그들은 자신들의 신념과 그 실현에 핵심적 매개가 되는 민중의 끈질기고 강인한 생명력을 발견했고, 「풀」에서 그들은 자신들이 수립하고자 하는 민중시학의 가능성을 엿보았던 것이다.

　민중주의자들은 「풀」에서 나름으로 어떤 힘을 발견하였으며,

그 힘을 자신들이 생각하는 민중의 것이라고 생각하였다. 우리가 주목하는 것은 민중주의자들도 발견하였으며 실제로 작품에 내재하는 어떤 힘이다. "풀의 이미지는 흔히 민초로서의 짓밟힘, 민생, 약자, 민중, 민서 등의 상징성을 갖는다"[8]는 점에서 「풀」에 등장하는 풀을 민중이라 보고 작품에 내재하는 힘을 민중의 본질적 속성이라 보는 관점은 타당할 수 있다. 그러나 그 관점은 황동규의 다음과 같은 반론에 부딪친다.

여기서 우리가 풀을 민중의 상징이고 바람 특히 〈비를 몰아오는 동풍〉은 외세의 상징이라는 식의 의미를 부여해서는 곤란하다. 그런 의미를 붙이게 되면 비를 몰아오는 바람을 풀이 싫어할 리가 없다는 생물생태학적인 반론에 부딪치게 될 것이다. 그리고 바람보다 동작을 '빨리' '먼저' 한다고 해서 민중에 어떤 찬사를 주는 것이 되지도 못할 것이다.

그보다는 혼자서는 움직일 수 없는 풀과 풀을 움직이는 바람 양자 사이의 관계에 시선을 집중시킬 필요가 있을 것이다. 일단 시선이 주어지면, 움직일 수 없는 풀의 움직임이 움직임의 동력이 되는 바람보다 행위가 앞선다는 모순율에 부딪치게 된다. 그 모순은 이 시 전체에 걸쳐 반복된다. 그리하여 모순이 모순으로 느껴지지 않는 상태에 이른다. 눕는 행위와 일어서는 행위까지도 한 가지로 보이는 상태에까지 이른다. 그리고 다른 한 쌍의 동사인 〈울다〉와 〈웃는다〉도 한가지로 보이게 된다. 아니 모순이 모순으로 보이지 않게 되는

---

8) 김춘수 · 박진환, 『한국의 문제시 · 명시 해설과 감상』(자유지성사, 1998), p.231.

반복의 연속 속에서 어느 샌가 〈운다〉가 〈웃는다〉로 바뀐 것을 발견하게 된다. 그리고 우리는 그런 상태 속에서 생의 깊이와 관련된 어떤 감동을 맛보는 것이다. 그것은 언어의 효과적인 반복 속에서 논리를 초월하는, 인간의 영역이 넓어지는 쾌감까지 곁들인 그런 감동이다.[9]

김수영의 「풀」에 관한 해석과 그 갈등의 역사적 맥락에서 황동규의 견해는 매우 중요한 위치를 차지한다. 황동규는 무엇보다 먼저 '풀'을 민중의 상징으로 '바람'을 외세나 억압세력의 상징으로 보는 관점을 정면으로 부정한다. 비를 몰아오는 바람은 풀의 생태에 결코 해가 되지 않는 것이므로 풀과 바람의 관계를 민중과 억압세력의 대립관계와 같은 것으로 보아서는 안 된다는 것이다. 황동규의 이 지적은 적절하고 중요하다. 「풀」에 관한 대부분의 우의적 해석은 작품에서 "비를 몰아오는 동풍"을 '비를 몰아오는 바람', 즉 '비바람'이라고 번역하여 이해한다. 일반적으로 '비바람'은 시련과 고난의 비유로 쓰이기도 한다. 그렇게 보면 우의적 해석이 설정하는 대립관계가 틀렸다고 볼 수 없으나, 문제는 작품에서는 '비를 몰아오는 바람'이라고 되어 있지 않고 '비를 몰아오는 동풍'이라고 되어 있다는 점이다. 이 문제와 관련하여 '동풍'도 바람이므로 크게 개의할 성질의 것이 아니라고 본다면, 그것은 다른 경우도 마찬가지이겠지만 특히 시를 해석하는 태도로는 불성실하고 불합리하다. 한

---

9) 황동규, 「시의 소리」, 『사랑의 뿌리』(문학과지성사, 1976), pp.156~157.

편의 시에서는 토 하나가 작품 전체의 의미를 결정할 수도 있기 때문이다. 아무튼 황동규 자신도 '비를 몰아오는 동풍'의 구체적인 지시 내용에 대해 구체적으로 밝히지는 않았지만, 그의 지적의 중요성만큼은 분명히 인정되어야 할 것이다. 바람과 풀의 관계를 억압세력과 민중의 관계로 보고 작품을 읽었을 때 발생하는 해석상의 난점들을 지적하자는 것이 황동규의 의도인 듯한데, 그는 '눕는다'라는 동작의 의미에 대한 우의적 해석에도 이의를 제기한다. 작품에서 풀이 눕는 것은 바람이 주는 억압과 시련과 고난으로 인해 쓰러졌기 때문이라고 보는 것이 우의적 해석의 관점인데, 그렇다면 바람보다 '더 빨리' 또는 '먼저' 눕는 것이 어떻게 민중의 덕성을 긍정하고 찬양하는 것이 될 수 있는가 하는 점이 황동규의 지적이다. 작품에서는 "바람보다 먼저 일어나는" 풀의 모습이 눕는 모습에 이어지는 것으로 강조되고 있긴 하지만, "풀뿌리가 눕는다"로 되어 있는 작품의 마지막 행은 그 자체로써 이 작품을 강인하고 끈질긴 민중의 생명력을 노래한 작품으로만 보는 시각에 제재를 가한다.

「풀」이라는 작품에서 '풀'과 '바람'의 관계를 일방적으로 '민중'과 '억압세력'의 관계로 보는 해석의 문제점을 지적한 후 황동규는 「풀」에 관한 나름의 의견을 개진한다. 그의 견해는 다음과 같이 크게 세 가지로 요약할 수 있다. 첫째, 「풀」에는 혼자서는 움직일 수 없는 풀의 움직임이 그 동력원인 바람보다 앞선다는 모순율의 주장이 선언될 뿐만 아니라 그것이 작품 전체에 걸쳐 반복되고 있고, 둘째, 작품을 읽어 가면 독자는 언어의 효과적인 반복 속에서 그 모순이 모순으로 느껴지지 않는 상태에 이르게 되며, 셋째, 앞의 두 가지 요인에 의하여 「풀」을 읽는 독자는 생의 깊이와 관련된 어떤 감동을 느끼게 된다는 것이다.

구체적인 분석의 절차 없이 시인 특유의 직관만으로 포착해 낸 까닭에 지나치게 맹목적이라는 흠은 있지만, 황동규의 견해는 작품의 진리내용과 관련하여 결코 무시할 수 없는 통찰을 보여주며, 실제로 분석의 절차를 추가한 여러 해석의 이형(異形)들을 가능하게 하였다. 그러나 그의 견해는 '모순율이 모순으로 느껴지지 않게 되는 상태'와 '생의 깊이와 관련된 어떤 감동'을 매개할 수 있는 구체적인 분석의 절차와 해석의 내용을 결여하고 있어서 객관적으로 수긍할 만한 해석의 의미체로 받아들이기에는 추상적이고 모호하다.

이상에서 살펴본 민중주의자들의 해석과 그에 대한 황동규의 문제제기는 「풀」에 관한 해석들과 그 갈등의 역사적 맥락에서 하나의 기원이 된다. 이 기원 이후 민중주의의 관점을 수용하는 연구자들은 황동규의 문제제기로 드러난 해석상의 약점과 문제점들을 보완하는 방향으로 나아갔고, 황동규의 관점을 수용하는 연구자들은 구체적인 분석의 절차와 해석의 내용을 갖추는 방향으로 나아갔으며, 또 다른 연구자들은 앞서 제시된 두 가지 형태의 해석과도 다른 그 나름의 녹창적인 견해를 제시하는 방향으로 나아갔다.

2) 민중주의적 관점의 확대 수용

(1) 상징의 확대 : 김춘수 · 박진환의 경우

　작품에 나오는 '바람'과 '풀'이 각각 '억압세력'과 '민중'을 의미한다는 민중주의자들의 관점을 거의 그대로 수용하면서도 김춘수 · 박진환은 '풀'의 상징적 의미를 확대 해석함으로써 관점의 차별화를 시도하였다. 그들은 「풀」에서 세 가지 상징을 찾아낼 수 있다고 보았다. 첫째는 풀이 함축하고 있는 상징성이고, 둘째는 바람이 가지는 상징성이며, 셋째는 풀의 생명력이 가지는 상징성이다. 그들이 보기에 "약자, 민중, 민서(民庶)" 등의 상징성을 가지는 풀은 "농민, 산업근로자, 어민, 노동자와 같은 시류적 민중개념을 넘어 역사적 민족의식으로" 확대될 수 있고,[10] 힘의 상징인 지배계층을 의미하는 바람은 "불의와 탄압, 구속력과 같은 의미로" 확대될 수 있으며, "밟히고 뜯기고 찢기어도 다시 재생하고 재생하면서 끝내 뿌리째 뽑히지 않는" 풀의 강인한 생명력은 "체제와 외세에도 끝내 그 뿌리가 뽑히지 않고 의로운 민족으로 자생했던" 우리 민족의 "집단적 생명력"으로 확대될 수 있다.[11] 그리하여 「풀」은 그들에게 다음과 같은 의미 맥락의 작품이 된다.

---

10) 김춘수 · 박진환, 『한국의 문제시 · 명시 해설과 감상』(자유지성사, 1998), p.231.
11) 김춘수 · 박진환, 같은 책, p.232.

바람에 의해 풀은 넘어진다. 심지어는 그 줄기나 밑동까지도 넘어지고 쓰러진다. 그러나 그 뿌리는 끝내 바람의 힘으로도 뽑지 못한다. 이것이 자연의 법칙이다. 역사적 법칙도 이와 같아서 비록 지배 계층의 힘에 의한 불의나 부당한 탄압으로 일시적으로 민중을 굴복시킬 수 있고 지배할 수 있으나 그 뿌리째 뽑아낼 수는 없다. 이것이 역사적인 법칙이고 이 법칙은 다 삶의 진리에 연계되는 것이다.

김수영은 바로 이러한 삶의 법칙을 풀과 바람의 역학적 구조를 빌어 민족적 역사의식으로 확대한 것으로 볼 수 있게 한다.[12]

풀과 바람의 의미를 확대한 것 말고는 위의 해석에서 어떤 의의를 찾기는 어려워 보인다. 풀이 눕는 것이 바람에 의하여 풀이 넘어지는 모습을 묘사한 것이고, 풀이 "발목까지/발밑까지" 눕는 것이 "그 줄기나 밑동까지 넘어지고 쓰러"지는 모습을 묘사한 것이라면, "풀뿌리가 눕는다"는 것은 무엇을 가리키는 것일까? '눕는다'는 묘사가 바람에 의하여 풀이 넘어지는 모습을 가리키는 것이라면 '풀뿌리가 눕는다'라는 묘사는 풀뿌리가 바람에 의하여 넘어지거나 뽑히는 모습을 가리키는 것이어야 할 터인데, "그 뿌리는 끝내 바람의 힘으로도 뽑지 못한다"라는 낙관주의는 작품의 어떤 부분을 근거로 한 것일까? 김춘수 · 박진환은 그 질문들에 대해 아무런 답변도 하지 않는다.

---

12) 김춘수 · 박진환, 같은 책, p.233.

(2) 독창적 관찰과 감각적 진실

① 이남호의 경우

이남호는 고등학교 문학교과서에 실려 있는 「풀」이 학생들에게 어떻게 가르쳐지고 있는지 교육 지침서의 내용 분석을 통해 검토한 다음, 나름의 견해를 제시하였다.[13] 그는 「풀」을 읽을 때 무엇보다 먼저 독창적인 관찰이 발견한 감각적 진실을 포착해야 한다고 주장한다. "비를 몰아오는 동풍에 나부껴/풀은 눕고/드디어 울었다/날이 흐려서 더 울다가/다시 누웠다"라는 구절과 관련하여, 그는 그 대목에서 풀이 눕는 것은 바람에 의해서 풀이 땅으로 기울어지는 모습을 묘사한 것으로, 풀이 우는 것은 바람이 세차게 불 때 풀이 땅으로 심하게 기울었다가 또 조금 일어서면서 마구 흔들리기도 하는 모습을 묘사한 것으로, 그리고 비바람이 불고 있으며 날이 흐리다는 것은 풀이 처한 상황의 암울함을 묘사한 것으로 본다. 따라서 「풀」의 1연은 비바람에 휩쓸려 풀이 마구 흔들리다가 땅으로 휘어지곤 하는 모습을 묘사한 것이 된다. 또한 이남호의 해석에 따르면, '일어난다'는 것은 '눕는다'의 반대이므로, 실제로 바람 부는 들판에서 목격하는 것처럼 풀이 바람에 땅으로 심하게 휘었다가 또 조금 일어나 엉키듯이 심하게 흔들리다가 또 잠시 바람이 자면 바로 서는 것과 같은 모습을 가리키고, '웃는다'고 하는 것은 '운다'

---

13) 이남호, 『교과서에 실린 문학작품을 어떻게 가르칠 것인가』(현대문학, 2001), pp.193~196.

는 것의 반대이므로, 바람이 다 지나간 후 아주 부드럽게 살랑
대는 모습을 가리킨다. '눕다' '일어나다' '울다' '웃다' 등에
대한 의미를 풀의 움직임과 연관된 구체적인 묘사로 설명한 다
음, 그는 바람보다 '빨리' 또는 '먼저' 움직이는 풀의 모습에 대
한 설명으로 나아간다. 풀이 바람보다 '먼저' 또는 '빨리' 움직
이는 것은 상식에 어긋나지만, 바람 부는 풀밭을 한참 쳐다보
면, 풀은 바람보다 먼저 움직이기도 하고 늦게 움직이기도 하
는 것처럼 보인다는 것이 그의 설명이다. 그가 볼 때, 「풀」은
불과 몇 개의 낱말과 단순한 문장들을 절묘하게 조합하여 읽는
이들에게 바람 부는 풀밭의 풍경을 생생하게 전달하는 작품이
다.[14] 바람에 움직이는 풀의 모습을 그 생생한 분위기까지 살려
서 언어로 보여주는 것이 「풀」이라는 작품의 기본적인 의미이
며, 그 의미가 우의적 맥락으로 확대될 수 있다는 데 「풀」이라
는 작품의 묘미가 있다고 그는 주장한다. 「풀」은 어떤 억압세
력에도 굴복하지 않는 끈질긴 생명력의 존재인 민중에 대한 깊
은 이해를 보여주며, 민중과 억압세력의 관계를 보다 구체적으
로 보다 실제적으로 또 보다 설득력 있게 말해주는 작품이라는
것이다. 또한 「풀」이 하나의 예술작품으로서 높은 수준에 이르
렀다고 평가할 수 있는 이유는, 민중을 무조건 긍정하지 않고
그 부정적 속성까지도 포용하면서 긍정하기 때문이라는 것이
다. 다시 말해 억압세력에 짓눌려 늘 고통을 당하고 늘 좌절하
며, 억압하기도 전에 먼저 비굴해지기도 하고 먼저 겁먹기도

---

14) 이남호, 같은 책, p.195.

하고 또 허약하기도 하지만, 긴 시간을 두고 전체적으로 보면 그러면서도 늘 삶을 이어갈 뿐만 아니라 때로는 억압세력을 압도하기도 하는 민중의 모습을 바람에 흔들리는 풀의 모습에 대한 섬세하고도 구체적인 형상화를 통해 성공적으로 제시하기 때문이라는 것이다. 여기서 비굴해지기도 하고 겁먹기도 하는 민중의 모습에 대한 부분은 '더 빨리' 또는 '먼저' 눕는 것이 어떻게 민중의 생명력에 대한 찬사가 되겠느냐는 황동규의 문제제기를 의식한 것이라 할 수 있다.

시련과 좌절 속에서 시달리지만 끈질긴 생명력으로 어려운 상황을 견뎌내고 나아가 상황을 오히려 압도하는 풀의 이미지는 애초에 민중주의자들이 발견한 것이었고, 이남호는 그것에 훨씬 더 구체적이고 섬세한 설명을 부가하였다. 그런데 이남호의 견해 역시 우리가 「풀」에 관한 해석의 갈등의 기원을 다룬 부분에서 소개했던 황동규의 문제제기 가운데 '풀뿌리가 눕는다'는 구절에 대해서는 아무런 설명을 하지 않는다.

② 김기중의 경우

김기중은 우선 「풀」의 심층적 의미망이 단지 바람과 풀의 표면적인 대립이나 갈등에 의해서이기보다는 첫 행의 "풀이 눕는다"의 표현에서 마지막 행의 "풀뿌리가 눕는다"라는 표현에 이르는 의미론적 전화 과정에 의해 형성되어 있다고 본다.[15] 그의 해석에서 독특한 부분은 「풀」의 근본 구조가 '드러남/숨김'의

---

15) 김기중, 「윤리적 삶의 밀도와 시의 밀도」, 다시 읽기, pp.213~216.

이항대립에 바탕을 둔다는 사실을 지적한 점이다. 그에 따르면, '드러남'은 이 시의 첫 행과 끝 행 그리고 매연의 첫 행마다 나타나는 "풀이 눕는다"의 현상이고, '숨김'이란 그 같은 현상적 체험의 이면에 있는 본질적 체험인, 바람보다 먼저 눕고 먼저 일어나기도 하며 늦게 누워도 먼저 일어나고 먼저 웃는 풀이다. 그가 보기에 바람에 의해 종속되지 않는 이 같은 풀의 자유야말로 풀의 본질적 체험이 갖는 핵심이며 이 시가 갖는 힘의 근원이 된다. 그런데 김기중의 해석에서 더욱 중요한 부분은 다음과 같은 문제제기의 내용이다.

「풀」의 내적 체험으로서의 풀의 자유가 설사 사회적 맥락에서는 진실로 받아들여질 수 있다고 하더라도 체험적 사실로서는 받아들여지기 어려운 것이 아닌가. 그렇다면 바람보다 더 빨리 눕고 바람보다 먼저 일어나는 풀이란 선험적인 관념이 억지로 주입된 부조리한 이미지며 그에 따라 「풀」의 의미 공간은 관념과 체험의 진실성 사이에서 날카롭게 균열되어 있는 것은 아닌가 하는 문제이다.[16]

위에서 김기중이 제기하고 있는 문제는 앞에서 황동규가 제기한 것과 동일 선상에 놓인다. 문제의 핵심은 바람이 불어야만 움직이는 풀이 바람이 불지 않는데도 움직인다는 서술의 모순이다. 황동규는 반복의 리듬감에 의한 주술성의 획득을 통해 「풀」은 발화된 언표의 의미상의 모순이 모순으로 느껴지지 않

---

16) 김기중, 같은 글, 같은 책, p.215.

는 상태를 보여준다고 주장했다. 김기중은 이남호와 마찬가지로 다음과 같은 독창적 관찰과 감각적 진실을 진술의 모순이 해소되는 근거로 삼는다.

화자는 가까이 있는 풀뿐만 아니라 들판 저 편의 멀리 있는 풀들도 바라본다. 가까이 있는 풀들은 바람이 불면 눕고 바람이 지나갔을 때 일어나지만 멀리 보이는 풀들은 그렇지 않다. 시적 화자가 촉감과 소리로 바람을 느낄 때쯤이면 이미 바람이 지나온 저편의 풀들은 일어난다. 바람보다 더 빨리 눕고 먼저 일어나는 것이다. 마찬가지로 바람이 진행하는 방향의 멀리 보이는 풀들은 바람보다 늦게 눕는 것처럼 보인다.[17]

위의 내용에 근거할 때 우리는 "바람보다 더 빨리 눕고 바람보다 먼저 일어나는 풀의 이미지는 단지 선험적 관념이 감각적인 이미지의 옷을 억지로 입은 것이 아니라 체험의 구체성과 이념적 진실이 절묘하게 결합된 통합 심상이라고 할 수 있다"는 김기중의 견해에 동의할 수 있게 된다. 황동규가 제기한 두 가지 문제("풀뿌리가 눕는다"의 의미, 비와 바람과 풀의 생태학적 친화관계)에 나름의 답변은 하지 않았지만, 김기중의 견해는 풀과 바람의 관계를 억압하고 억압받는 주체들의 대립과 투쟁관계로만 보는 관점에서 탈피하여 풀이 획득하게 된 자유와 힘 그 자체를 주시하게 하였다는 데 의의가 있다. 첫 행의 "풀이 눕는

---

17) 김기중, 같은 글, 같은 책, p.216.

다"의 표현에서 마지막 행의 "풀뿌리가 눕는다"라는 표현에 이르는 의미론적 전화 과정에 의해 「풀」의 심층의미가 형성되어 있다는 그의 견해에 적극적으로 동의하면서도 우리는 한 가지 유보 사항을 달지 않을 수 없다. 그것은 「풀」의 의미론적 전화 과정을 해명하기 위해서는 필수적으로 황동규가 제기한 문제들을 풀어야만 한다는 것이다.

(3) '일어나는 풀'의 역설적 기원 : 정재서와 최동호의 경우

정재서는 「풀」이 풀과 바람을 소재로 지배 세력에 대한 민중의 끊임없는 저항정신을 노래한 작품이라는 민중주의자들의 관점을 적극 수용하면서, 『논어』「안연(顏淵)」편의 다음과 같은 구절을 주목해야 한다고 주장한다.[18]

군자의 덕은 바람과 같고 소인의 덕은 풀과 같은 것. 풀 위에 바람이 지나가면 반드시 눕는 법이다(君子之德風, 小人之德草. 草上之風, 必偃).

정재서에 따르면, 위와 같이 유교의 이념에 따라 군자와 소인의 관계를 바람과 풀의 하향적 관계로 비유한 것을 김수영이 이 시대의 정치 상황에 근거하여 정반대의 정치적 은유를 이루

---

18) 정재서, 「다시 서는 동아시아문학 : 중국 소설의 기원을 찾아서」, 『상상』 1994년 9월호, pp.115~116.

어 낸 것이 「풀」이다. 그의 주장은 김수영의 문학에 대한 논의가 항상 서구의 모더니즘과 연관된 맥락에서 이루어지는 관행을 반성하게 하였다.

최동호는 「풀」에서 일어나고 웃는 풀의 모습과 그 우의적 의미는 공맹의 사상과 논리에서 한 걸음 더 나아가 그 전통에 대한 부정을 통해 구축한 "반전통의 시학"과 "파괴적 생성의 논리"의 산물이라고 파악한다.[19] 그러한 파악의 이면에는 김수영은 모더니즘과 같은 서구의 문학으로부터 자양분을 흡수하면서도 전통을 단순히 외면하지 않고 부정적인 전통을 부정함으로써 오히려 새로운 전통을 수립하고자 하였다는 생각이 깔려있다. 이는 충분히 주목할 만한 관점이다.

김수영이 「풀」을 쓸 때 과연 『논어』의 그 구절을 의식하였는지 여부는 「풀」을 해석하는 데 그렇게 중요한 참조 사항이라여겨지지는 않는다. 그 사실이 밝혀진다고 하더라도 그것이 작품 자체의 맥락 안에서 "풀뿌리가 눕는다"는 구절의 의미를 해명하는 데 아무런 도움을 줄 수 없기 때문이다. 그러나 이 관점은 모더니즘과의 관련 맥락에서만 김수영의 문학을 보려 한 기존의 연구 관행을 반성하게 하였으며, 전통과 근대의 대극적 긴장 사이에서 김수영이 그 나름으로 구축하고자 했던 '새로운 전통'의 지평에 대한 관심을 촉발시켰다는 데 그 의의가 있다.

---

19) 최동호, 「김수영의 문학사적 위치」, 『작가연구』 1998년 제5호, pp.34~38.

3) 민중주의적 관점의 거절과 새로운 대안

(1) 관찰자와 웃음의 체험

① 김현의 경우

김현은 우리가 앞서 살펴본 황동규의 문제제기를 수용하면서 민중주의적 관점과 거리를 둔 해석을 제시하였다.[20] 우선 의미론적으로 보자면 「풀」은 '바람/풀'이라는 명사들의 대립보다는 넓은 의미의 동사의 움직임에 강조가 주어진 시라는 것이 그의 주장의 출발점이다. 이어서 그는 "발목까지/발밑까지 눕는다"라는 구절의 의미에 착안하여 작품의 공간 안에서 풀의 움직임을 관찰하는 관찰자의 존재를 밝혀내고 이를 근거로 하여 「풀」의 의미 맥락에 대하여 다음과 같은 주장을 펼친다.

누군가가 지금 풀밭 속에 서 있는 것이다. 그런데 그 시에서 가장 중요한 것은, 그 숨어 있는 누구이다. 서 있는 그는, 마찬가지로 서 있는 풀이 바람에 나부껴 눕고, 뿌리 뽑히지 않으려고 우는 것을 본다(과거). 그때의 울음은 바람소리와 풀의 마찰음이리라. 그 울음을 그는 그러나 웃음으로 파악한다(현재). 뿌리가 뽑히지 않았음을 즐거워하며 웃는 풀이다. 그는 이게 날이 흐리고 풀이 누워노, 웃을 수 있다. 「풀」의 비밀은 바로 이 곳에 있다. 이 시의 핵심은, 바람/풀의 명사적 대립이나, 눕는다/일어선다, 운다/웃는다의 동사적 대립에

---

20) 김현, 같은 글, 같은 책, pp.209~211.

있는 것이 아니라, 풀의 눕고 울음을 풀의 일어남과 웃음으로 인식하고, 날이 흐리고 풀이 누워도 울지 않을 수 있게 된, 풀밭에 서 있는 사람의 체험이다.[21]

위의 인용문에서 풀밭에 서 있는 누군가의 존재를 확인한 것은 새로운 해석이며 설득력도 있다.[22] 이와 같이 김현이 강조하는 것은 '풀밭에 서 있는 사람의 체험'이다. 그 체험이란 '풀의 눕고 울음을 풀의 일어남과 웃음으로 인식하고, 날이 흐리고 풀이 누워도 울지 않을 수 있게 된 것'이다. 그런데 김현의 해석에는 그 누군가가 풀의 눕고 울음을 어째서 풀의 일어남과 웃음으로 인식하게 된 것인지에 대한 설명이 구체적으로 제시되어 있지 않다. "「풀」은 그의 정신 편력의 한 극점일 것이다"[23]라는 그의 논문의 마지막 문장이 공허하게 느껴지는 것도 그와 같은 설명의 불충분함 때문일 것이다.

② 성민엽의 경우

성민엽은 김현의 관점을 전반적으로 수용하여 거기에다 보충적인 주석을 달았다.[24] 우선 「풀」의 의미 맥락과 관련하여 그

---

21) 김현, 같은 글, 같은 책, p.211.
22) 김현의 주장과는 달리 그 구절에 나오는 '발목'과 '발밑'의 주인을 풀로 볼 수도 있을 것이다. 하지만 작품에서 풀이 의인화되어 있다고 해도 '발목'과 '발밑'의 주인을 풀로 보는 것은 자연스럽지가 못하다. 사람이 눕는 동작을 묘사할 때 그것이 그 어떤 모양의 것이든 '발목까지, 발밑까지 눕는다'고 한다면 자연스럽지도 적절하지도 않은 표현이 될 것이기 때문이다.
23) 김현, 같은 글, 같은 책, p.212.

가 이해한 내용은 다음과 같다.

제1연에서의 눕는다와 운다는 부정적인 가치이다. 이것은 사실의 차원에서의 일이다. 제2연에서는 그 부정적 가치는 탈색되고 오직 동작의 선후, 그러니까 행위의 주체성만이 문제시된다. 이것은 상상의 차원에서의 일이다. 제3연에서도 눕는다와 운다의 부정적 가치의 탈색이 일단은 계속되는데, 일어난다와 웃는다는 뚜렷이 긍정적 가치를 띠고 나타나며, 그럼으로써 다시금 눕는다와 운다의 부정적 가치를 환기시킨다. 이것은 시적 진실의 차원에서의 일이다. 세 연의 세 가지 서로 다른 차원이 뚜렷한 단절감 없이 연속적으로 느껴지는 것은 주로 김수영 특유의 반복법의 덕택이다.[25]

위에서 확인되듯이 성민엽은 김현의 관점을 수용하여 '바람/풀'이라는 명사적 대립보다 동사들이 가리키는 동작의 가치에 주목한다. 「풀」을 구성하는 각각의 연들에서 동사들이 지시하는 풀의 움직임과 그 가치의 변화에 대한 설명은 설득력이 있다. 그와 같은 과정을 거쳐서 그는 풀밭에 서 있는 사람의 체험, 즉 풀의 눕고 울음을 풀의 일어남과 웃음으로 인식하고, 날이 흐리고 풀이 누워도 울지 않을 수 있게 된 체험의 이해로 나아간다. 우리가 보기에 그의 해석에서 가장 중요한 대목은 다음과 같은 부분이다.

---

24) 성민엽, 「김수영의 「풀」과 『논어』」, 『서정시학』 2000년 봄호, pp.160~166.
25) 성민엽, 같은 글, 같은 책, p.164.

이 시에서 중요한 것은 바람과 풀의 마찰음이다. 그 마찰음이 울음일 수도 있고 웃음일 수도 있는 것이다. 바람이 멎으면 그 마찰음도 멎을 것이니 웃음은 있을 수 없다. 울음/웃음은 여기에서 울음=웃음이 된다. 이에 대응하여 눕는다/일어난다를 보게 되면 그것들은 확연히 구별되는 서로 다른 두 개의 동작 내지 상태가 아니라 하나의 동작, 하나의 상태의 두 측면이다. 바람에 나부끼는 상태 자체가 눕는 것일 수도 있고 일어나는 것일 수도 있는 것이다. 눕는다=일어난다, 운다=웃는다의 등식이 주이고 수동적이고 종속적인 존재에서 능동적이고 주체적인 존재로의 전화는 종이다.[26]

위에서 김현의 견해를 그대로 받아들여 풀의 울음과 웃음을 '바람과 풀의 마찰음'이라고 본 것은 논란의 여지가 있다. 흥미로운 추측이긴 하지만 그 추측을 논증할 만한 근거가 작품 자체에는 어디에도 없기 때문이다. 그럼에도 우리는, 울음과 웃음이 동일한 감정의 양태이고 누움과 일어남이 두 개의 동작 내지 상태가 아니라 하나의 동작, 하나의 상태의 두 측면이라는 지적과 수동적이고 종속적인 존재에서 능동적이고 주체적인 존재로의 전화라는 문제에 대한 강조는 「풀」의 심층의미를 이해하는 데 매우 중요한 단초가 될 수 있다고 생각한다. 성민엽 자신은 그 사항들에 대해 충분한 설명을 해내지 못하였는데, 그것은 「풀」의 해석과 관련하여 스스로 제시한 해석상의 난점들을 나름으로 해결할 방안이 없기 때문이다. 그러나 그가

---

26) 성민엽, 같은 글, 같은 책, p.165.

지적한 해석상의 난점들 자체는 「풀」의 해석에서 반드시 돌파해야 할 장애들이라 할 수 있다. 그가 의문을 제기한 문제들은 다음과 같다.

㉮ 제1연을 보면 비를 몰아오는 동풍에 나부껴 풀은 눕고 드디어 울었다. 울음은 기뻐서 우는 것도 있지만 대부분의 경우는 슬퍼서 우는 것이다. 슬퍼서 우는 것이라면 그것은 눕는 것이 슬프기 때문이다. 눕는 것이 왜 슬플까? 눕는다는 것 자체가 굴욕적이거나 고통스러운 것이라서? 눕는다는 것은 뿌리 뽑히게 될 위험에 처해 있는 것이기 때문에?

㉯ 제2연에서 풀이 바람보다도 더 빨리 눕고 더 빨리 운다는 것은 바람도 눕고 운다는 것을 전제한 진술인가, 아니면 바람이 풀로 하여금 눕고 울게 하기 전에 풀이 더 빨리 눕고 운다는 진술인가. 전자라면 눕는 것도, 우는 것도 부정적인 가치가 되지 않을 것이다. 후자라면 더 빨리 눕고 더 빨리 우는 게 긍정적인 덕목이 될 수 있을까.

㉰ 제2연의 마지막 행에서 처음으로 일어난다가 등장하는데, 형식적으로 보면 여기에는 '더 빨리'가 아니라 '먼저'라는 부사를 씀으로써 눕는다, 운다와 구별되고 있다는 점이 눈에 띈다. 왜 이렇게 구별한 것일까. 단순한 반복을 피하기 위해서? 그럴 수도 있겠지만, 일어난다가 눕는다나 운다와 종류가 다른 동작이라는 전제가 깔려 있는 것일 수도 있다.

㉱ 제3연의 마지막 행에서 눕는 것은 풀이 아니라 풀뿌리이다. 풀뿌리가 눕는다는 것은 발목까지, 발밑까지 정도를 넘어서서 아예 땅속에까지 눕는다는 것인데, 그렇다는 것은 뿌리뽑힘의 위기가 발목

까지, 발밑까지 누울 때보다 비교할 수 없을 정도로 훨씬 더 심각해
졌다는 것이다. 이 고조된 위기 속에서 과연 눕는다=일어난다, 운
다=웃는다의 등식이 여전히 성립될 수 있을까. 풀은 이제 뿌리뽑히
고 말 것인가. 아니면 많이 눕는 만큼 많이 일어나 더욱 큰 웃음을
웃을 수 있을 것인가.

성민엽이 제기한 위의 의문들은 다른 연구자들의 경우에는
아예 문제 삼지 않았거나, 삼았다고 하더라도 얼버무리고 지나
갔거나, 나름으로 대답을 제시하였으나 불충분했던 것들이다.
성민엽 스스로는 자신이 제기한 의문들에 대하여 일관성 있는
대답을 한다는 것은 불가능해 보인다고 말한다. 뒤에 가서 구
체적으로 밝히겠지만 우리는 가능하다고 생각한다.

(2) 실존과 자유의 상징

① 김종철의 경우

김종철은 「풀」에서 '풀'이 상징하는 것이 김수영의 다른 시
「거대한 뿌리」에 나오는 '곰보, 애꾸, 애 못 낳는 여자, 무식쟁
이' 등과 같이 사회적으로 버림받은 인간들일 가능성을 열어둔
다. 그러나 풀을 반드시 '버림받은 인간'으로 번역하여 읽는 것
보다는 풀 자체에 관한 이야기로 읽을 때 작품의 생생함이 온
전히 감동적으로 느껴지리라는 것이 그의 생각이다.[27] 그에 따
르면, 이 작품에서 풀은 "결코 딴 존재에 의하여 대체될 수 없
는 독자적인 개성으로 존재하는 생명"이며, 그 이유는 '더 빨

리'나 '먼저'라는 표현이 행위를 하는 주체자의 자유로운 의지를 전제로 하는 것이기 때문이다.[28] 김종철의 견해는 '풀'을 민중(버림받은 인간)에서 '독자적 개성으로 존재하는 생명'으로 바뀌었을 뿐 민중주의자들의 견해를 근본적으로 쇄신한 것은 아니다. 그럼에도 그것에는 바람이라는 억압요인에 의하여 고통을 받는 모습보다는 풀의 자유로운 의지의 측면을 더 강조했다는 특징이 있다.

② 김경숙의 경우

김현의 관점을 인용하지는 않았지만, 김경숙은 「풀」에서 풀과 바람이 상호 작용하면서 드러내는 '오묘한 존재의 법칙'과 그것을 관찰하는 '화자의 인식론의 문제'를 강조함으로써 자신의 견해가 김현과 같은 계열에 속해 있음을 밝혀 놓았다.[29] 김현과 동일한 계열에 속해 있으면서도 김경숙은 나름의 독특한 관점과 해석의 내용을 새롭게 추가하였다. 그 내용을 요약하면 다음과 같다.

㉮ 풀과 바람이 함께 어우러져 흔들리는 자연 현상은 자체에는 어떠한 의미도 가치도 내재해 있지 않지만, 관찰자로서의 화자는 이

---

27) 신경림과 정종진도 김종철의 그런 생각에 동의한다. 아래의 책들 참조.
　　신경림, 『신경림의 시인을 찾아서』(우리교육, 1998), p.337.
　　정종진, 『한국현대시, 그 감동의 역사』(태학사, 1999), pp.471~472.
28) 김종철, 「시적 진리와 시적 성취」, 전집 별권, p.100.
29) 김경숙, 「실존적 이성의 한계인식 혹은 극복의지」, 황정산 편, 『김수영』(새미, 2003), pp.165~171.

자연 현상 속에서 나름의 시각으로 하나의 세계를 재구성해내었다.

㉯ '—보다'라는 비교급 조사는 언제나 두 사물의 유사성을 전제로 하는 것이므로 풀과 바람의 운동은 결코 대립관계에 있지 않다.

㉰ "동풍에 나부껴"와 "날이 흐려서"가 각 운동의 원인으로 제시되어 있다.

㉱ 눕다와 울다는 풀의 외부운동과 내부운동으로 대립을 이루는데, 눕다가 육체행위라면 울다는 그에 대한 정서반응이다.

㉮는 특별히 새로울 것은 없지만 언제나 강조되어야 할 사항이다. 문제는 재구성된 세계의 의미에 대한 이해이다. ㉯에서 비교급 조사가 항상 비교되는 두 사물의 유사성을 전제로 한다는 단서에는 동의할 수 없지만 풀과 바람의 운동이 대립관계에 있지 않다는 주장은 수용할 만하다. 여기서 문제는 대립관계는 아닌 풀과 바람의 관계는 어떤 관계인가 하는 것이다. ㉰는 다른 연구자들도 표면으로 드러내지 않았다 뿐이지 암묵적으로는 항상 전제하는 사항이어서 그 자체가 새로운 것은 아니다. 그러나 '나부껴'와 '흐려서'라는 어절의 어미가 모두 원인을 나타내는 어미로 되어 있다는 것은 새삼 강조할 필요가 있다. 만약 '비를 몰아오는 동풍'이 시련과 고난을 뜻하는 '비바람'이 아니라면, 다시 말해 풀과 비바람이 생태학적으로 대립하는 관계가 아니라면 그 원인의 기능과 성격에 대한 논의는 「풀」의 해석에서 매우 중요한 문제가 될 수밖에 없다. ㉱는 중요한 지적이다. 지금까지 '눕는다' '일어난다' '울다' '웃다' 네 개의 동사 모두를 풀의 움직임과 연관된 묘사로 파악했는데, '울다'

와 '웃다'의 경우는 의인화된 풀이 연속되는 움직임의 과정에
서 드러내는 정서적 반응의 양태로 볼 수도 있을 것이기 때문
이다. 모두 다 동의할 수 있는 것은 아니지만 김경숙은 위와 같
은 문제들에 대한 검토를 거친 다음 "누운 것만이 다시 일어설
수 있고, 우는 것만이 다시 울을 수 있다. 풀은 존재의 상징이
고, 눕다와 울다는 그 존재가 직면한 실존적 한계상황을 나타
낸다. 그리고 한계 상황에 던져진 존재만이 실존에 대한 자각
과 의지를 가질 수 있다"고 하여 민중주의적 관점을 지양하고,
「풀」을 현존재의 실존의 사건을 노래한 시로 파악한다.[30]

③ 유재천의 경우

유재천은 "풀과 동풍, 비라는 풀을 둘러싸고 있는 외적 환경
사이의 관계를 통해 완전한 사회를 위한 영원히 지속되어야 하
는 혁명관을 드러내주"는 작품이 「풀」이라고 보았다.[31] 그의 관
점에 따르면, "풀은 이 세계 속에 내던져진 피투성의 존재이며
그것을 둘러싸고 있는 비와 동풍은 벽으로서의 한계상황이
다."[32] 그 한계상황 속에서도 풀은 비극적인 행동을 반복하는
데, 이는 실존에 대한 자각에서 비롯한 것이며 그 모든 한계상
황을 극복하고 보다 완전한 사회를 이룩하고자 하는 생에 대한
열렬한 사랑이자 적극적인 참여행위이다.

---

30) 김경숙, 같은 글, 같은 책, p.170.
31) 유재천, 「시와 혁명」, 다시 읽기, p.107.
32) 유재천, 같은 글, 같은 책, p.108.

눕고 울게 하는 힘이 자유를 구속하는 벽으로서의 한계상황이라
면 일어서고 웃는 행위는 초월적인 세계를 향한 저항의 모습이다.
풀은 웃고 일어서는 행위를 통해 세계와 대결하고 새로운 자유를 획
득한다.「풀」전편을 통해 반복되는 울고, 웃고, 눕고, 일어서는 행위
는 완전한 사회를 위한 풀의 혁명이 절대적인 것이 아니라 영원히
반복되어야 하는 상대적 혁명임을 보여준다.[33]

위와 같이 유재천은 「풀」을 인간의 실존적 삶의 맥락에서 이
해한다. 그는 적어도 '풀'과 '바람'을 각각 '민중'과 '억압세력'
으로 기계적으로 연결시키는 데에서는 벗어난다. 뿐만 아니라
'눕는다'의 의미를 실존적 한계상황에 둘러싸여 있는 것으로
새롭게 봄으로써 '풀뿌리가 눕는다'는 구절과 연관된 해석상의
난제로부터도 벗어나게 된다. 자신의 글에서 직접 밝히지는 않
았지만, 「풀」의 마지막 행과 관련하여 그는 그처럼 강화된 한
계상황이라고 하더라도 실존적 의미를 자각한 풀은 다시 웃고
일어서는 행위를 통해 한계상황과 대결하고 새로운 자유를 획
득하게 된다고 주장할 것이다. 지금 당장은 고난과 시련 속에
서 쓰러지고 슬퍼하더라도 마침내는 그 모든 것을 이겨낸다는
민중주의적 시각의 낙관주의를 그 바탕에 깔고 있으나 작품의
마지막 행과 연관된 난제를 나름으로 풀어보고자 한 것이 유재
천의 해석이라 할 수 있다. 그러나 그의 해석은 '비'와 '바람'을

---

33) 유재천, 같은 글, 같은 책, 같은 부분.

풀이 생태학의 차원에서 마다할 이유가 없다는 황동규의 지적
에 대해서는 침묵한다.

④ 김혜순의 경우

김혜순은 「풀」에서 '풀'은 바람이나 시간과 상관이 없는 "자
의적 존재"이며, "스스로 변화(獨化)"하는 자유로운 존재라고
주장한다.[34] 그에 따르면, 「풀」은 "스스로의 변화성(눕고, 일어나
고, 울고, 웃는)으로 타물(바람)에 의존치 않고 그 존재를 성립시
킨 존재자의 모습을 구현한 작품이다."[35] 김혜순은 '바람'을 축
으로 하여 시간을 '선행 시간'과 '후행 시간'을 나눈 다음, 두
종류의 시간대에 풀의 움직임의 양태들을 배치해봄으로써 타
율적인 것에서 자율적인 것으로 화하는 풀의 움직임의 자화(自
化) 과정을 포착해냈다. '풀의 움직임의 자화 과정'이라는 김혜
순의 해석의 결론은 주목할 만하나, 그 결론에 도달하기까지
논증 과정은 객관적인 수긍을 불러내기에는 미흡하다.

(3) 리듬·초월성·순수시

① 서우석의 경우

앞에서 우리는 황동규의 견해를 수개하면서 바람이 불어사
움직일 수 있는 풀이 바람 없이도 움직인다는 진술에서 발견되

---

34) 김혜순, 「문학적 『장자』와 김수영의 시 담론 비교 연구」, 다시 읽기, p.189.
35) 김혜순, 같은 글, 같은 책, p.190.

는 논리상의 모순에 대해 언급한 바 있다. 황동규는 반복에 의한 리듬의 조성이 그와 같은 모순을 모순으로 받아들이지 않게 하는 주술성의 효과를 낳는다고 파악하였다. 서우석은 「풀」을 구성하는 언어들의 짜임관계에 대한 세밀한 분석을 통하여 작품에서 그와 같은 주술성이 어떠한 구조적 맥락에 의하여 작동되는지 효과적으로 보여준다. 그리하여 그는 다음과 같은 결론에 이른다.

> 이 시가 반복에 의해 주술적인 힘으로 우리에게 알려주는 것은 '풀은 눕고 그리고 운다'는 사실과 '어떻게 되더라도 풀은 다시 일어난다'는 사실이다. 그리고 이 모든 일이 '날이 흐린 중'에 일어나고 있는 일이라는 사실을 우리에게 알려준다. 날은 흐리고 동풍이 불고 있으나 비는 오지 않고 있다. '발목까지' '발밑까지' 눕는다는 설명은 영화의 클로즈업 장면을 보듯이 풀과 신발만이 화면에 가득찬 정경을 우리에게 보여주고 있는 듯하다.[36]

서우석은 구조주의적 분석과 설명의 방식을 택했기 때문에 작품의 의미에 대한 해석으로 나아가지 않는다. 그리고 그가 제시한 작품의 의미는 기존의 논의와 크게 다를 바가 없다. 특징적인 면이 있다면 "발목까지/발밑까지 눕는다"라는 구절에서 풀과 신발만이 화면에 가득찬 정경을 발견해냈다는 것인데, 이는 김현이 「풀」에서 관찰자의 존재를 찾을 수 있게 한 계기

---

36) 서우석, 「김수영:리듬의 희열」, 전집 별권, p.185.

가 되었다. 그러나 그가 분석의 대상으로 삼은 '주술성의 효과' 문제는 「풀」을 이해하는 데 매우 중요한 문제이며, 그는 작품의 심층의미에 도달하기 위한 중간단계로서 구조주의적 분석과 설명의 기능과 효과를 보여주었다.

② 한영옥의 경우

한영옥은 「풀」에서 "땅 속의 뿌리가 가로눕는 것은 절대로 뽑히지 않겠다는 의지, 거대한 뿌리의 의지인 것이며 이 강인한 지탱은 변치 않는 영원한 사랑에 의한다"고 함으로써 작품의 내용과 연관된 부분에서는 기존의 논의를 대체로 따른다. 그런데 그는 다음과 같이 작품의 짜임관계에 의해 생성된 어떤 초월성을 지적한다.

이 시에서 「풀」이라는 소재의 속성, 그 잔재는 말끔히 가시어 있다. 되풀이되는 언어의 리듬과 리듬의 지속에 의하여 「풀」은 자체의 속성을 벗어 던지고 스스로 언어화되고 새로운 존재로 발현된다. 일어나고 눕는 풀의 동작, 그 지속을 통하여 강렬한 역동성을 느끼고, 언어의 흐름 속에 중심을 잡고 있는 집단적 저류, 즉 내재화된 보편세계를 만날 수 있다. 그리고 이 보편세계는 다양한 의미로 확산되면서 시의 부피를 한정 없이 늘려준다.[37]

구체적인 분석과 설명의 절차를 결여하고 있다는 것이 아쉽

---

37) 한영옥, 『한국현대시의 의식탐구』(새미, 1999), pp.101~102.

긴 하지만, 풀이 작품의 언어화를 통해 다른 그 무엇이 된다는 사실에 대한 포착은 새롭고 탁월하다. 우리는 한영옥의 의견에 동의하며, 「풀」의 의미를 새롭게 해석하면서 그에 대한 구체적인 분석과 설명의 절차를 포섭하게 될 것이다.

③ 김인환의 경우

김인환은 「풀」을 구체적으로 분석하거나 해석하지는 않았지만 주목할 만한 지적을 하고 있다.

풀은 바람보다 빨리 울고 빨리 눕기도 하고 바람보다 늦게 울고 늦게 눕기도 한다. 풀이 바람보다 먼저 일어난다는 것은 특별한 의미표현이 아니라 사실의 객관적인 서술로 보아야 한다. 풀은 발목까지 눕고, 발밑까지 눕고 드디어 풀뿌리가 눕는다. 화자는 풀밭 가운데서 날과 바람과 풀을 관찰하여 그것을 객관적으로 서술하고 있다. 발목과 발밑이란 말로 화자의 위치를 알 수 있다. 객관 서술은 대체로 확대 해석을 차단하게 마련이다. 「산유화」와 「절벽」에서처럼 이 시에서도 바람과 풀은 완전히 일치를 이루어내지 못한다. 눕는 데도 일어나는 데도 우는 데도 웃는 데도 그들 사이에는 미묘한 어긋남이 있다. 순수시는 관념이나 설화가 아닌 사실이나 환상을 표현한다. 우리는 「산유화」나 「절벽」이나 「풀」과 같은 계열의 시를 설화 배경이나 관념 체계를 배제하고 읽어야 할 것이다.[38]

---

38) 김인환, 「소설과 시」, 『상상력과 원근법』(문학과지성사, 1993), pp.109~110.

　　위에서 김인환은 「풀」이라는 작품 자체를 해석하려고 한 것
이 아니다. 그의 의도는, 신라의 향가부터 오늘날의 현대시에
이르는 우리의 모든 시작품들을 설화시(narrative poetry)와 관
념시(ideological poetry)와 순수시(pure poetry)의 세 가지 유형
으로 나누어 설명해 보려는 데 있다. 그의 유형화에 따르면,
「풀」은 이상(李箱)의 「절벽」, 김소월의 「산유화」, 서정주의 「서
풍부」(西風賦) 등과 함께 순수시에 속한다. 그가 말하는 순수시
는 순수와 참여라는 대립 구도의 맥락에서 흔히 규정되는 바와
같은 정치성이 배제된 시를 의미하지 않는다. 그것은 작품에서
일체의 관념이나 설화가 배제되어 버린, 그래서 시의 본유 형
식인 운율과 비유만 남아 있는 시를 가리킨다. 그와 같은 의미
의 순수시는 지시 없는 텍스트라는 개념의 절대 텍스트와 흡사
하다. 위에서 순수시의 계열에 포섭되는 시는 설화배경이나 관
념체계를 배제하고 읽어야 한다고 주장된다. 그것은 순수시에
서는 기호표현의 자기 지시만이 존재하므로 애초부터 기호내
용에 의하여 구축되는 지시 대상이 사라진다는 것을 의미하는
것이다. 과연 그의 주장처럼 김수영의 「풀」이 절대 텍스트와
같은 개념의 순수시에 속하는지 여부는 논란의 여지가 있다.
그러나 우리가 앞서 검토했던 성민엽의 견해에서 제기되었던
일련의 의문들에 대하여 일관성 있는 대답이 제시될 수 없다
면, 「풀」은 김인환의 지적대로 순수시의 계열에 포섭될 수밖에
없을 것이다. 우리는 「풀」이 가리키는 어떤 구체적인 지시 내
용이 있다고 믿으며, 뒤에서 구체적인 분석과 설명의 절차를
거쳐 그 지시 내용과 연관된 해석의 결과를 제시할 것이다. 그

과정에서 김인환의 견해는 텍스트의 자연스러운 방향을 거스르는 자의적이고 억지스러운 확대 해석을 경계하게 해주는 힘으로 작용할 것이다.

4) 비판적 해석의 관점

(1) 행복한 우연 : 유종호의 경우

대부분의 연구자들은 비록 나름의 구체적인 분석과 설명의 과정을 결여하고 있다고 하더라도 「풀」이 김수영을 대표하는 작품이자 최고 수준의 작품이라는 사실에 대체로 동의한다. 그러나 유종호는 그 사실에 이의를 제기한다. "이 아담한 단시가 그의 절제되지 않은 많은 산문적인 긴 시편들을 배경으로 놓고 볼 때 돋보이는 것은 사실이나 단시 특유의 시적 긴장이라는 관점에서 본다면 얼마간 느슨한 편이다"[39]라는 진술에서도 확인되다시피 우선 그는 「풀」의 작품 완성도와 수준을 인정하지 않는 편이다. 그가 볼 때 김수영의 「풀」이 그토록 각별한 관심의 대상이 되어온 것은, 그 작품이 '한국근대시의 표준적 短詩의 뼈대'를 가지고 있기 때문이며, 단시적 완벽성을 거절한 김수영의 작품 경향에 아쉬움을 보이던 사람들이 그 작품을 각별히 선호했기 때문이다. 따라서 「풀」이 김수영의 마지막 작품이라는 사실은 행복한 시간의 우연에 불과하며, 그것이 김수영의

---

39) 유종호, 같은 글, 같은 책, p.257.

시적 발전의 과정에서 지속적인 구경(究竟)이었을 것인가는 불안정한 추측이 가능할 뿐이라는 것이 그의 결론이다. 그는 「풀」의 의미 맥락에 어떤 관념의 구도를 투사하기에 앞서서 "바람에 불리는 풀밭의 시각적인 즐거움 그 눈잔치를 재경험하는 일"[40]이 더욱 중요하다고도 하였다. 이는 그가 얼마나 「풀」의 가치를 평가 절하하느냐 하는 것을 잘 보여준다. 우리는 유종호의 그와 같은 견해에 반대하는데, 그 이유에 대한 설명은 뒤에서 제시될 우리 나름의 새로운 해석의 내용 자체가 대신하게 될 것이다.

(2) 「풀」의 허무주의 : 금동철의 경우

금동철의 견해는 「풀」과 관련하여 제시된 해석의 관점들 가운데 가장 회의적이고 비판적인 입장에 서 있다. 그에 따르면, 「풀」은 "일상적이고 파편화된 주체에 의해 파악된 허무주의적 삶의 한 단면을 '풀'이라는 이미지를 통해 그리고 있는 시에 불과할 뿐이다."[41] 그렇다면 그 판단의 근거는 무엇인가? 금동철은 김수영의 문학 전반과 「풀」 양쪽 모두에서 깊은 허무주의를 발견한다.

「풀」에서 3연의 5행과 7행에서 풀의 일어남과 웃음이 강조되고 있으나 작품의 마지막 행이 "풀뿌리가 눕는다"로 되어 있는

---

40) 유종호, 같은 글, 같은 책, 같은 부분.
41) 금동철, 「'풀'의 미학, 그 허무주의」, 『시와시학』 1999년 가을호, pp.256~269.

사실과 관련하여, 그는 "풀이 눕는다는 행위는 항복의 선언이며, 불어오는 바람에 자신의 존재 가치를 포기해 버리는 모습"이므로 "풀뿌리가 눕는다는 것은 자신의 근원까지 포기하게 되는 것을 말해주는 것"이라고 주장한다. 그런 논리에 따르면 「풀」은 그의 주장대로 허무주의의 산물일 수 있다. 그러나 '풀이 눕는다'는 구절을 그와 같은 방식으로만 해석해야 한다는 법은 있을 수 없으므로 그 구절에 대한 해석의 차이는 하나의 쟁점이 될 수 있고, 금동철의 논지를 반박하려면 객관적으로 수긍할 만한 나름의 해석을 제시해야만 할 것이다. 이 점은 대해서는 뒤에서 상세하게 다루어지게 될 것이다.

금동철은 김수영의 문학 세계 자체가 허무주의적 특징을 보여주므로 「풀」의 세계관 역시 허무주의와 무관할 수 없다고 주장한다. 그러나 우리가 볼 때 그와 같은 문제제기는 논리상의 비약일 뿐만 아니라 설득력도 약하다. 그는 '모든 일은 죽음의 척도에서 재어진다'는 김수영의 진술에서 "삶이 지닌 가치 체계를 포기하는 자세"를 읽어낸다. 그러한 독법은 지나치게 순진한 것이 아닐 수 없다. 모든 일을 죽음이라는 척도로 재려는 사람은 허무주의자가 아니라 근본(급진)주의자일 수 있다. 여기서 말하는 허무주의가 나약하고 패배적인 정서를 그 뿌리로 하는 감상적 허무주의를 뜻하지 않음은 물론이다. 사실 허무주의와 근본주의는 동전의 양면과 같다고 할 수 있다. 일상과 세속의 가치가 허무하다고, 다시 말해 근원적 가치를 제공해주지 못한다고 판단하기 때문에 사로잡히는 허무주의는 일상과 세속의 겉모습에 속지 않고 본질을 발견하려는 근본주의의 다른

모습이라 볼 수 있다. 그런데도 진술의 내용 가운데 죽음이라
는 낱말이 나왔다고 해서 그것을 감상적 허무주의의 소산이라
고 보는 시각은 순진한 것이라고 말할 수밖에 없다.

5)「풀」해석의 난제들에 대하여

이제까지 우리는「풀」에 관한 해석들 사이의 다양한 갈등 양
상에 대하여 살펴보았다. 서로 상이한 양상을 보여주면서도 그
것들은 '풀이 눕는다'에서 '풀뿌리가 눕는다'로 전개되는 과정
에서「풀」에 어떤 힘이 구축된다는 사실에는 대체로 동의하였
다. 민중주의자들과 그들의 견해를 확대하거나 변형하여 수용
하는 연구자들은 그 힘을 민중의 끈질기고 강인한 생명력으로
보았으며, 민중주의의 견해와 거리를 두려는 연구자들은 그 힘
을 실존적 주체가 획득하게 되는 자율의 힘으로 보았다. 요컨
대 풀은 바람의 구속으로부터 벗어나 스스로 자립할 수 있는
힘을 얻게 된다는 것이다. 그런데 민중주의의 경우에는 거칠고
단순하기는 해도 작품에 대한 나름의 구체적인 의미체를 제시
하였는데, 민중주의와는 다른 견해를 제시하려는 경우에는 그
와 같이 구체적인 의미체를 제시하지 못하였다.

「풀」에 관한 해석의 갈등을 정리하면서 우리는 이제까지 제
시된 해석의 의미체들 가운데 그 어느 것도 일관성 있는 답변
을 제공하지 못한 난제들이 있다는 것을 알게 되었다. 그것은
서로 다른 지면에서 황동규와 성민엽이 각각 제기한 거의 동일
한 성격의 문제제기였다.

첫째, 제1연에서 문제는 "비를 몰아오는 동풍에 나부껴/풀은 눕고/드디어 울었다"라는 구절의 이해와 연관된 것이다. 풀이 비바람에 밀려 쓰러지고 그 쓰러짐이 슬퍼서 운다는 것이 대체로 합의된 견해이다. 다만 황동규만은 '비를 몰아오는 동풍'을 생물생태학의 차원에서 풀이 싫어할 이유가 없다는 점을 지적하였다. 풀과 바람의 관계가 서로 대립하거나 서로를 배척할 이유가 없는 것이라면, '눕는다'와 '울었다'는 어떻게 해석해야 하는 것일까? 문제제기의 주인공인 황동규 자신은 물론이거니와 아무도 그 문제에 대해 답변을 제시하지 못하였다.

둘째, 제2연에서 문제는 두 가지가 있다. 하나는 제1연에서 제기된 문제와 맞물려 있다. 그것은, 바람이 눕고 우는 것이 비바람에 휩쓸려 쓰러지고 그 쓰러짐이 슬퍼서 운다는 뜻이라면, 바람보다도 '더 빨리' 눕고 우는 모습이 과연 긍정적인 가치의 표현이 될 수 있는가 하는 것이다. 풀의 누움과 울음을 부정적인 것으로 이해한다면, 바람보다도 더 빨리 눕고 우는 것 역시 부정적인 것으로 이해해야 할 것이다. 이남호는 그 구절이 억압하기도 전에 먼저 비굴해지기도 하고 먼저 겁먹기도 하고 또 허약하기도 한 민중의 속성을 사실적으로 드러낸 부분이며, 바로 그와 같은 점 때문에, 민중을 무조건 긍정하지 않고 그 부정적 속성까지도 포용하면서 긍정한다는 점에서 「풀」이 중요한 작품이 된다고 주장하였다. 나름의 설득력을 확보하고 있긴 하지만, 바람과 풀 사이에 성립되는 관계의 성격이 대립과 친화 어느 편으로 이해되느냐에 따라 그 타당성의 가부가 달라질 수 있는 것이 이남호의 주장이다. 제2연에서 문제 가운데 다른 하나는 '일어난다'라는 새로운 동사의 등장과 함께 풀의 움직임을 묘사하는 부사가 '더 빨리'에서 '먼저'로 바뀌는 것과 연관된 것이다. 이 문제에 대해 답변한 사례는 아직까지는 없는 것 같다.

셋째, 제3연에서 문제는 풀이 땅에 닿을 만큼 눕다가 나중에는 심지어 '풀뿌리'가 눕게 된다는 사실과 연관된 것이다. '눕는다'는 구절의 의미를 바람에 휩쓸려 쓰러지는 것이라고 이해한다면, "풀뿌리가 눕는다"는 구절은 풀뿌리가 바람에 휩쓸려 쓰러지는 것이라 이해해야 한다. 풀뿌리가 쓰러진다는 것은 무엇을 의미하는 것일까? 뿌리가 뽑힌다는 것일까? 그렇게 이해하는 것이 가능하다면, 어떻게 「풀」이 끈질기고 강인한 민중의 생명력을 노래한 작품이 될 수 있는가? 그것은 차라리 금동철의 주장대로 「풀」의 허무주의를 확인하게 해주는 구절은 아닌가? 이와 같은 질문들에 대한 답변은, "바람보다 늦게 누워도/바람보다 먼저 일어나고/바람보다 늦게 울어도/바람보다 먼저 웃는다"라는 구절에서 볼 수 있는 것처럼 이제 풀은 언제나 견디고 일어나고 웃을 수 있는 능력을 가지게 되었으므로 설령 풀뿌리가 눕는다고 하더라도 언제나 다시 일어날 수 있다는 것이다. 그러나 풀의 움직임과 풀뿌리의 움직임은 전혀 다른 차원의 것이라는 생각이 그와 같은 낙관주의를 선뜻 받아들일 수 없게 만든다,

우리는 이상에서 정리한 문제들을 일관된 논리의 맥락에 근거하여 해결할 수 있어야만 「풀」에 관한 나름의 새로운 의미체를 제시할 수 있으리라 생각한다. 앞으로 이어지는 절에서 우리가 하고자 하는 것이 바로 그 작업이다.

3. 「풀」 다시 읽기

앞에서 살펴보았듯이 극소수의 예외를 제외하고는 「풀」이 김수영의 작품들 가운데 그 완성도 가장 높은, 그의 문학의 극점이라는 평가에는 많은 연구자들이 동의한다. 이 글의 관점 역시 그 견해를 수용한다. 그런데 「풀」이 김수영 문학을 대표하는 작품이자 최고 수준의 작품이라는 평가의 타당성을 증명하기 위해서는 적어도 다음과 같은 사항들에 대한 해명이 수반되어야 한다. 첫째, 「풀」에 관한 유일의 해석일 수는 없겠으나, 작품 자체에 근거하여 누구나 수긍할 만한 해석의 의미체가 어떤 형태로든 구체적으로 제시되어야 한다. 둘째, 「풀」이 어째서 완성도가 높은 작품인가에 대한 구체적인 설명이 제시되어야 한다. 셋째, 김수영의 다른 작품들과 비교하여 어째서 「풀」이 더 나은 작품인가에 대한 판단의 근거가 제시되어야 한다. 「풀」과 연관된 논의들을 검토한 결과, 이상에서 제시한 세 가지 사항들 가운데 어느 하나를 부분적으로 다룬 논의는 많았으나 그것들 모두를 함께 고려한 논의는 거의 없었다고 판단된다. 본문에서는 기존의 논의들을 참조하면서 그 문제들에 대해 검토해보고자 한다.

1) 바람과 풀의 관계

일반적으로 「풀」의 해석에서 제일 먼저 시도되는 것은 '바람'과 '풀'의 관계에 대한 이해이며, 대부분의 경우 양자의 관계를 대립관계로 파악한다. 대립은 '서로 반대되거나 모순됨, 또는 그런 관계'나 '서로 맞서거나 버팀, 또는 그런 관계'를 가리킨다. 풀과 바람의 관계를 그와 같은 뜻의 대립 관계로 파악하는 것은 "비를 몰아오는 동풍"을 '비바람'으로 번역하여 이해하기 때문이다. '비바람'이 연상시키는 역경과 시련의 심상은 동시에 풀을 그러한 상황 속에서 고통을 당하고 있는 연약한 존재의 심상으로 받아들이게 한다. 그와 같이 연약한 존재인 풀에 고통을 주는 거세고 강한 '비바람'은 도덕적으로 악한 존재의 심상이 되고, 그처럼 악한 존재인 '비바람'에게 고통을 당하는 '풀'은 도덕적으로 선한 존재의 심상이 된다. '풀' 그 자체가 도덕적으로 선한 존재는 아니지만 도덕적으로 악한 존재의 심상이 된 '바람'에게 고통을 받기 때문에 도덕적으로 선한 존재의 심상이 되었다. '바람'은 거세고 강하기 때문에 부정적이고 악한 존재의 심상이 되고, '풀'은 여리고 약하기 때문에 긍정적이고 선한 존재의 심상이 된 것이다.「풀」에 관한 우의적 해석이 개입되는 것도 바로 이 지점이다. 강하지만 부정적이고 도덕적으로 악한 '바람'은 '억압 세력'이 되고, 약하지만 긍정적이고 도덕적으로 선한 '풀'은 '민중'이 되는 것이다. 그러나 풀과 바람의 관계를 민중과 억압세력의 대립관계로 보는 '우의적 해석'은 풀과 바람에 관한 편견과 선입견에 근거하고 있다.

　'비바람'이란 낱말의 뜻이 '비를 몰아오면서 부는 바람'이니 문제될 것이 전혀 없어 보이기도 하지만, 그렇게 이해하면 "비를 몰아오는 동풍"의 뜻을 자의적으로 왜곡하는 결과를 초래하게 된다. 동풍(東風)의 글자 그대로의 뜻은 동쪽에서 불어오는 바람이지만, '동풍삭임에 돌아온 제비'라거나 '동풍신연(東風 新燕)'이라는 구절에서도 확인되듯 그것은 봄바람을 가리킨다. 봄에 곡식이 자라는 데 필수적인 자양분이 되는 비를 몰아오는 바람이라고 하여 곡풍(谷風)이라고도 불리는 것이 바로 동풍이 다.[42] '東風細雨에 듯듯나니 桃花로다'라는 고시조의 일절에 나오는 '東風細雨'처럼, "비를 몰아오는 동풍"은 '비바람'의 거 세고 황량한 느낌보다는 오히려 부드럽고 풍요로운 느낌을 준 다. '나부끼다'라는 낱말의 뜻 역시 '연기나 안개, 또는 얇은 천이나 종이, 머리카락 따위가 흔들려 날리듯이 움직이다, 또 는 그렇게 하다'이다. 산자락에 나부끼어 흐르는 안개, 바람에 나부끼는 소녀의 단발머리, 하늘하늘 나부끼는 옷고름 등의 모 습은 거세고 빠른 움직임보다는 부드럽고 느린 움직임을 연상 시킨다. 약한 바람이라고 하더라도 풀이 땅에 닿을 정도로 나 부끼게 할 수 있음은 물론이다. 그러나 풀의 움직임이 그처럼 크다고 해도 '바람에 휩쓸리는 움직임'과 '바람에 나부끼는 움 직임'이 주는 각각의 느낌에는 큰 차이가 있다. 이와 같이 '동 풍'과 '나부끼다'라는 낱말의 뜻 자체에 주목하게 되면, 「풀」의 제1연이 바람에 휩쓸려 풀이 마구 흔들리다가 땅으로 휘어지 곤 하는 모습을 묘사한 것이라는 해석에 의문을 품게 되고, 차 라리 다음과 같은 독서 반응에 공감하게 된다.

---

42) 시경(詩經)에 실린 「곡풍」이라는 작품에 대한 공영달의 주석에 따르면, 곡풍(谷風) 은 곡풍(穀風)이다.

이 시를 읽으면 우선 풀, 비, 바람이 상기하는 신선함과 습기에 찬 초록빛 등이 떠오른다. 따뜻함보다는 시원한 냉기, 정적인 풍경보다는 나부끼는 풀의 부드러운 움직임, 소리 없음 속의 흐릿한 어두움, 살아 움직임들을 감지하게 된다. 그리고는 대조되는 동사들, 반복의 기법, 리듬과 운 등에 맞추어 읽어나가다가 오히려 통사적인 의미파악을 놓치게 된다.[43]

'바람'과 '풀'의 관계와 '억압 세력'과 '민중'의 관계를 유비 관계로 파악한 우의적 해석은 위와 같은 자연스러운 독서 반응을 배제한 결과이다. 그럼에도 그 해석은 「풀」에서 한 가지 중요한 핵심을 지적하고 있다. 그것은 작품에서 '풀'이 갖추게 된 어떤 '힘'이다. 「풀」이라는 예술작품에는 바람에 나부끼는 풀의 모습에 대한 세심한 관찰을 통해 발견한 어떤 '힘'에 대한 깊은 통찰이 들어 있다. 「풀」에 관한 우의적 해석에서는 그 힘을 '민중의 끈질긴 생명력'이라고 보았다. 그 해석의 결정적인 문제점은 바로 그 점이다. 우의적 해석은 「풀」에 내재한 힘의 문제를 포착하긴 하였지만 성급하게도 그것을 일방적으로 민중과 연결시켰다. 그 해석은 작품에서 구축된 '힘'의 성격에 대해 좀더 깊게 고민해 보아야 했다. 작품의 구조 속에 구축된 풀의 힘이 민중의 그것일 수도 있음은 물론이나. 그러나 적어도 그 힘은, 이 글이 제시하는 해석의 의미체를 통해 확인되겠지만, '끈질긴 생명력'의 수준을 넘어선 어떤 것이다.[44]

---

43) 이은정, 「상반된 해석」, 다시 읽기, pp.421~422.

2) 심층 대립항

이상에서 살펴본 것과 같이 풀과 바람의 관계를 부정과 대립의 관계로 볼 수는 없지만, 그렇다고 작품에 대립과 부정과 모순의 계기가 전혀 없는 것은 아니다. 문제는 그러한 부정과 모순과 대립의 관계를 맺고 있는 요소가 무엇인가 하는 것이다. 얼른 보아 작품에서 대립을 보이는 것은 '눕고/일어나고'와 '울고/웃는'에서 확인되는 움직임과 감정의 양태들이다.[45] 그러나 그 양태들이 서로 부정적이고 적대적인 모습을 보이지는 않는다. 그것들을 대립으로 보는 것은 전체적인 맥락을 고려하지 않고 각각의 양태들을 고립된 개별 요소로만 보기 때문이다. 눕고 일어나는 움직임의 모습과 울고 웃는 감정의 상태는 상호 결합되어야만 전체적으로 온전하고 자연스럽게 된다. 사실 '눕고/일어나고'와 '울고/웃는'에서 확인되는 움직임과 감정의 양태는 풀과 바람의 관계에서 볼 수 있는 것과 같은 수동과 능동의 그것이다. 그런데 이 작품에는 이제까지 별로 주목된 적이 없는 대립관계를 보여주는 요소가 있다. 그것은 '나부

---

44) 억압 세력과 민중의 관계로 바람과 풀의 관계를 해명하려 해도 문맥의 아귀가 잘 맞아떨어지지 않는 이유도 실제로 작품에 내재된 힘에 관한 사상 내용의 수준이 '민중의 끈질긴 생명력'의 수준을 넘어서기 때문이다.

45) '눕는다'와 '일어난다'의 경우는 풀의 움직임을 의인화해서 묘사한 것이라고 볼 수 있는데, 과연 '웃는다'와 '운다' 역시 풀의 어떤 움직임을 의인화한 것인지에 대해서는 논란의 여지가 있다. 사실 '웃는다'와 '운다'는 부단한 움직임 속에서 의인화된 풀이 느끼는 감정의 양태로 보아도 무방할 것이다. 김경숙 역시 '운다'와 '웃는다'를 감정의 양태로 볼 것을 제안한 바 있다. 김경숙 아래 논문 참조.
김경숙, 같은 글, 같은 책, p.167.

끼다'와 '눕다/일어나다/울다/웃다' 사이의 대립이다. 이들 다섯 개의 동사는 모두 풀의 움직임과 감정을 묘사한 것이라는 점에서는 동일하다. 차이점은, '나부끼다'가 사실적인 묘사인 반면에 그 밖의 다른 것들은 의인화를 통한 비유적 묘사라는 것이다. 「풀」의 분석에서 이 새로운 대립항에 대한 주목은 매우 중요하다. 왜냐하면 '눕고/일어나고'와 '울고/웃는'에서 보는 것과 같은 개별 요소들 사이의 의미상의 대립이 보다 심층적인 대립구도(풀의 타율적인 움직임과 자율적인 움직임의 대립) 속에서 완화되기 때문이다. '눕다, 일어나다, 울다, 웃다'라는 각각의 움직임과 감정은, 그것들의 의미상의 차이 자체가 무화되는 것은 아니지만, 적어도 상호 부정적인 차원의 대립에서는 벗어나게 되는 것이다. 풀은 바람에 나부끼지만, 풀을 나부끼게 하는 바람 또한 울고 웃고 눕고 일어나는 행동을 풀과 함께 반복한다. 풀은 바람보다 늦게 울고 늦게 눕기도 하고 바람보다 먼저 웃고 먼저 일어나기도 한다. 현실 세계에서 풀의 움직임은 바람에 의한 타율적인 것이지만, 작품의 가상 세계에서 풀의 움직임은 자율적인 것으로 바뀐다. 그것은 「풀」이라는 예술작품에서 구축된 하나의 사건이다. 그리고 작품의 구조, 다시 말해 언어들의 짜임관계는 풀의 자율적 움직임이라는 놀라운 사건을 당연하고 필연적인 것으로 받아들이게 한다.

풀밭에 서서 풀의 움직임과 관련한 어떤 체험을 발화하고 있는 인물의 존재, 그리고 작품의 보다 심층적인 대립항인 풀의 '타율적인 움직임'(나부끼다)과 '자율적인 움직임'(눕다, 울다, 일어나다, 웃다)에 근거할 때 우리는 작품에서 또 하나의 심층 대립항을 찾아낼 수 있다. 그것은 바로 '사실'(풀의 타율적인 움직임)과 '환상'(풀의 자율적인 움직임)의 대립이다. 작품에서 한 인물은 풀이 바람에 나부끼는 모습을 보고 있다. 그런데 그 순간 사실의 관찰에서 촉발된 환상, 즉 바람 없이도 풀이 스스로 움직이는 것 같은 환상을 체험하고 그 인물은 그것에 대해 말한다. 작품에서 '풀이 눕는다'는 화자의 언표는 풀의 자율적인 움직임의 모습을 진술한 것이지만 그 언표를 발화하는 화자의 발화행위는 언표가 지시하는 내용을 하나의 사건으로 확정해 놓으려는 선언의 행위이기도 하다. "풀이 눕는다"는 언표를 우리는 '풀이 눕는다(스스로 움직인다)고 이로써 단언한다'라는 심층구조의 문맥으로 변형시킬 수가 있는데, 의인법을 적용한 언표와 그것의 부단한 반복은 하나의 환상을 구체적인 사건으로 승화시키게 되는 것이다. 이 작품의 구성적 계기로 수용된 것들, 즉 '풀', '바람', '흐린 날', '비', 그리고 '눕다, 울다, 일어나다, 웃다'의 동사가 연상시키는 무수한 배경과 움직임의 양태들은 모두 현실의 것들이지만, 환상을 매개로 하여 작품 자체 안에서 특유한 짜임관계를 갖게 되자 그것들은 현실의 경험 세계에서와는 다른 위치를 갖게 되고 그 의미가 조금씩 변하게 된다. 움직임을 중심으로 한 바람과 풀의 관계를 '더 빨리', '먼저', '늦게' 등의 부사를 통해 교란시키고 있는 것에서도 볼 수 있듯이, 작품에서 현실의 공간이나 시간이 완전히 무시되는 것은 아니기에 그것의 힘이 근본적으로 부정되는 것도 아니다. 그러나 놀랍게도 그 구속성은 사라지게 된다. 동일한 문장형태의 반복이나 운율과 같은 비의미적 언어조직을 통하여 시간이 압축되고, 풀이 바람에 나부끼는 모습에서 비롯한 풀의 자율적인 움직임이라는 영상을 통하여 공간이 겹쳐짐으로써 이제까지 존재하지 않았던 어떤 것이 제시되는 것이다.

3) 새로운 해석의 의미체

바람과 풀의 관계에 대한 새로운 이해와 작품에 내재하는 심층 대립항의 발견은 「풀」에 관한 새로운 해석의 의미체를 제시할 수 있게 해준다. 먼저 제1연을 살펴보자.

풀이 눕는다
비를 몰아오는 동풍에 나부껴
풀은 눕고
드디어 울었다
날이 흐려서 더 울다가
다시 누웠다

「풀」의 첫 행은 "풀이 눕는다"이다. 그리고 각 연의 첫머리에 반복되면서 화자의 이어지는 진술들을 이끌다가 마지막 행에서는 문장의 주어가 교체되어 "풀뿌리가 눕는다"라는 형태로 전환된다. 이제까지 흔히 풀이 일어나고 웃는 움직임과 감정의 양태에 주목하였지만, 작품의 형태 자체에 대한 고찰에 따르면 오히려 '풀이 눕는다'는 사실이 더욱 강조되고 있다는 느낌마저 들게 된다. 작품의 형태와 관련한 사실들 가운데 또 하나 주

목해야 할 것은 풀의 움직임을 묘사한 진술들의 시제의 문제이
다. 대체로 현재시제가 사용되었는데 유독 제1연에서만 과거
시제가 사용되었다. 이와 함께 풀의 움직임을 묘사한 것으로서
유일하게 사실적인 묘사라 할 수 있는 "나부껴"가 제1연에만
나온다는 사실도 주목되는 부분이다. 이와 같은 관찰들은 이
작품이 다른 그 무엇이 아닌 '사실'과 '환상'의 겹침에 기초하
였다는 점을 확인하게 해준다. 바람이 불지 않으면 스스로 움
직일 수 없는, 다시 말해 바람에 나부낄 수밖에 없는 풀이 어떤
우연한 순간 풀밭에 서 있는 관찰자인 화자에게 "벼를 터는 마
당에서 바람도 안 부는데/옥수수잎이 흔들리듯 그렇게 조금"[46]
풀이 스스로 움직이는 것처럼, 바꾸어 말해 스스로 눕는 것처
럼 보였다는 것이 이 작품의 착상이라고 보아도 무방할 것이
다. 그러니까 제1연에서 과거시제로 되어 있는 부분은, 화자가
풀의 자율적인 움직임이라는 환상을 체험하게 된 과정을 풀의
초점에 맞추어 압축된 이야기 형식으로 제시해 놓은 것이라 할
수 있다. "풀이 눕는다"는 선언은 그러한 환상의 사건화이다.
작품의 매 연마다 그 구절이 그것도 첫 행에 반복되어 나타나
는 이유도 거기에 있을 것이다.

'풀'의 움직임을 식물(사물)의 수동적인 것이 아닌 능동적인
것으로 바꾸기 위해서, 즉 자신의 환상을 구체적 형상으로 옮
겨 놓기 위한 첫 시도로서 그것은 매우 성공적이라 할 수 있다.
정지 상태의 '풀'이 바람에 움직이게 될 경우, 바람이 어느 방

---

46) 김수영,「꽃잎 1」, 전집1, p.276.

향에서 불어온다 하더라도 첫 움직임은 사람이 눕는 것과 같은 모습이 된다. 그 '첫 움직임'은, 비록 환상을 통하여 이루어진 것이지만, 풀의 처지에서 그것은 생태학적 숙명으로부터의 해방이다. 이로써 '풀'의 자율적인 움직임이란 환상은 작품 속에 하나의 구체적 형상으로 구축됨으로써 하나의 사건이 되기 시작한다. 만약 작품이 그 형상화에 성공한다면 작품 자체가 바로 사건이 될 것이다. 따라서 작품의 형상화에서 화자에게 요구되는 작업은 작품의 내재적 일관성 속에서 '풀'의 그와 같은 자율적인 움직임에 필연성을 부여해 주는 일이다.

첫 행에 이어서 화자는 "비를 몰아오는 동풍에 나부껴/풀은 눕고"(제1연의 2행과 3행)라고 말한다. 풀의 생태에 자양이 되는 비를 몰아오는 봄바람은 풀에게 결코 시련이나 고통을 주는 대상이 아니다. 바람은 아무 때나 불어왔다가 다시 불어갈 뿐이다. 바람과 풀의 만남은 도덕적으로 선한 존재자와 악한 존재자의 대립적 만남이 아니다. 바람과 풀 역시 도덕적으로 대립하지 않는다. 그것들은 서로 대립하는 존재자들이 아니라 서로 다른 능력을 가진 '차이'의 존재자들일 뿐이다. 「풀」이라는 작품의 내재적 구도 속에서 바람은 풀이 움직이도록 풀에게 영향을 미치는 능력, 즉 촉발하는 능력을 가진 능동적인 존재자이다. 풀은 바람과 같은 능력을 가지지 못한 수동적인 존재자이다. 그런데 이 시에서는 바람과 풀 사이에서 발생한 특별한 사건이 등록되어 있다. 풀은 바람에 나부끼기만 하는 존재이지만, 그런 나부낌 속에서 스스로 움직일 수 있는 능력을 터득한다. "비를 몰아오는 동풍에 나부껴/풀은 눕고"라는 구절을 통해 화자는 바로 그 순간에 대해 보고하고 있는 것이다.

　그 다음에 이어지는 행은 "드디어 울었다"이다. 풀이 스스로 움직이게 된 그 첫 체험의 순간에 느낄 수 있는 감동의 표현으로서 "울었다"란 표현은 지극히 적절하며, '드디어'라는 부사 역시 극적 순간의 강조를 위한 것으로서는 매우 타당한 선택일 것이다. 다른 것도 아니고 숙명을 넘어선 상태의 감동을 나타내려면 그와 같은 방식의 표현 이외에는 달리 없었을 것이다.[47] 그 감동의 순간 다음에 이어지는 구절은 "날이 흐려서 더 울다가"이다. 그것을 풀어쓰면, "풀은 날이 흐리기 때문에 더 울다가"란 의미가 된다. '비를 몰아오는 동풍'이 시련이나 고통을 연상시키는 '비바람'이 아니라면, 일반적인 경우처럼 '흐린 날'을 '맑은 날'과 대비시켜 '암울한 상황'의 비유로 읽을 필요가 없게 된다. 생태학적 숙명에서 벗어나는 체험의 계기를 만들어준 것이 '비를 몰아오는 동풍'이니 그 체험의 순간은 날이 흐린 것이 당연하다. 따라서 이 작품의 '풀'에게 '흐린 날'은

---

47) 기쁨의 순간에 왜 웃지 않고 우느냐고 말할 수도 있을 것이다. 그러나 생태학적 또는 존재론적 숙명을 벗어나는 체험의 순간에 느끼는 감정의 양태는 단순히 기쁘기만 한 것이라기보다는 슬픔을 동반한 어떤 것이라고 보아야 할 것이다. 그렇다고 해도 그것은 어디까지나 기쁜 감정이지 슬픈 감정은 아니다. 보는 이의 눈시울을 적시게 하는 이산가족 상봉 장면은 그와 같은 감정의 양태와 연관된 유용한 자료를 제공한다. 그토록 오랜 세월 떨어져 지내다가 '드디어' 만나게 된 이산 가족들은 백이면 백 자신들의 기쁜 감정을 웃음이 아닌 울음으로 표현한다. 보통 2박 3일 일정의 만남에서 그들은 첫날에는 그저 울기만 한다. 그 다음날에야 비로소 환하게 웃는 모습들을 확인하게 된다. 심리학의 맥락에 근거하여 좀더 철저하게 따져 보아야 할 문제이지만, 그 만남의 순간이 바로 기쁨의 순간이기 때문에 비로소 그 만남의 주인공들은 당연한 기쁨을 누릴 수 없었던 과거에 대해 마음놓고 슬퍼할 수 있는지도 모르겠다. 그리고 그렇게 마음놓고 슬퍼하는 것 자체가 바로 기쁜 감정의 표현일 것이다.

'비를 몰아오는 동풍'이 지나간 후에도 자신이 스스로 움직일 수 있다는 사실을 부단히 환기시켜 주는 약속의 부호 같은 것일 수 있다. 풀이 더 우는 것도, 다시 누울 수 있는 것도, 그리고 특별한 이유 없이 작품에서 '날이 흐리다'와 '풀이 눕는다'가 반복해서 결합되는 이유도 그 때문일 것이다.[48] 시의 효과 면에서 보자면, 어떤 기적적인 일의 발생을 억압하는 현실의 파괴적인 빛을 차단하여 환상을 유지하려는 시인의 노력에 따른 표현이라 이해할 수도 있을 것이다.[49]

아래에서 보는 바와 같이 제2연의 첫 행 역시 "풀이 눕는다"이다.

풀이 눕는다
바람보다도 더 빨리 눕는다
바람보다도 더 빨리 울고
바람보다 먼저 일어난다

이제 풀은 스스로 움직인다. "바람보다도 더 빨리"와 "바람보다 먼저"는 풀의 그러한 자율적 움직임을 나타낸다. '눕는다' '울고' '일어난다' 등은 모두 자율적인 움직임이라 동일한 뿌리의 다양한 줄기들이다. 세2연에서는 끝 행에서 부사가 '더 빨리'에서 '먼저'로 전환되고, '눕는다'보다는 능동적인 어감이

---

48) '더'와 '다시'라는 부사 역시 수동성보다는 능동성을 환기하는 것들이다.
49) 이러한 사정과 관련하여 김수영은 「적2」라는 작품에서 "날이 흐릴 때 정신의 집중이 생긴다/神의 아량이다"라고 말하기도 한다.

더 강한 '일어난다'가 배치되어 있는 것이 특징이다. 이 시의 내재적 구도에서 이미 눕는 움직임과 우는 감정은 각각 능동적이고 자율적인 움직임과 기쁜 감정을 나타내는 것이지만, 그것들은 바람에 의하여 촉발된 것이었다. 다시 말해 그것들은 이미 자율적이고 능동적인 움직임이며 기쁜 감정이지만 그것들에는 아직도 바람의 영향력이 그림자처럼 남아 있다고 보아야 한다. 그러므로 풀은 바람에 의하여 촉발된 것이 아니라 스스로의 자기 촉발에 따른 능동적이고 자율적인 움직임으로 나아가기 위해서 자신의 능력을 부단히 확대해 나갈 필요가 있다. '먼저'와 '일어난다'의 등장은 그와 같은 맥락에서 이해해야 할 것이다.

제3연 이르면 풀의 움직임은 아래에서 보는 바와 같이 더욱 경쾌해진다.

날이 흐리고 풀이 눕는다
발목까지
발밑까지 눕는다
바람보다 늦게 누워도
바람보다 먼저 일어나고
바람보다 늦게 울어도
바람보다 먼저 웃는다
날이 흐리고 풀뿌리가 눕는다

풀은 이제 '흐린 날'이 상징하는 자율적인 움직임의 약속(혹은 최초로 스스로 움직일 수 있었던 기억)이 있기에 풀밭에서 자신의 자율적인 움직임이라는 놀라운 체험에 함께 동참하여 즐거워하는 그 어떤 인물의 "발목까지/발밑까지 눕는다". 그런데 「풀」에서 '풀이 눕는다'는 서술 자체가 풀의 자율적인 움직임을 나타내는 것이라면, 제3연에 나오는 "바람보다 늦게 누워도"나 "바람보다 늦게 울어도"라는 구절이 의미의 모순을 야기하게 된다는 지적이 제기될 수도 있을 것이다. 다시 말해 "바람보다 늦게 누워도/바람보다 먼저 일어나고/바람보다 늦게 울어도/바람보다 먼저 웃는다"라는 구절에서도 확인되듯이, '늦게/먼저'와 '누워도/일어나고'와 '울어도/웃는다'가 명백히 의미상의 대립구도 되어 있는데 어떻게 '눕다' '일어나다' '울다' '웃다' 등이 똑같이 풀의 자율적인 움직임과 기쁜 감정을 나타낸다고 말할 수 있느냐 하는 지적이 제기될 수 있다. 그 지적은 '눕다' '일어나다' '울다' '웃다' 등이 똑같이 풀의 자율적인 움직임과 기쁜 감정을 나타낸다는 사실을 변화시킬 수 없다. 「풀」에서는 바람과 풀이 지닌 불변의 본질이나 종의 특성 대신에 그것들을 특징짓는 빠름과 느림의 관계들, 촉발하고 촉발되는 능력이 탐구되고 있다. 그 문제의 구절에서 '늦게'와 '먼저'는 그와 같은 빠름과 느림의 관계들, 촉발되고 촉발하는 능력의 관계를 지시한다. 풀은 애조에 스스로는 움직일 수 없는 수동적이고 무능한 존재자였으나, '비를 몰아오는 동풍'과의 만남을 통하여 스스로 움직일 수 있는 존재자가 되었다. 다시 말해 풀은 스스로 눕고 울 수 있게 되었지만 그 능력은 '바람보다 늦게', 즉 바람에 의해 촉발됨으로써 계발된 것이다. 그러나 이

제 풀은 '바람보다 먼저' 일어나고 웃는, 즉 바람에 의한 수동적 촉발이 아니라 스스로의 능력을 스스로 계발하는 능동적 촉발로 나아가게 된 것이다. 이러한 능력의 확대와 강화를 확인하게 해주는 것이 바로 이 시의 마지막 행이자 의미상의 결구인 "날이 흐리고 풀이 눕는다"이다.[50]

　이전까지는 모든 문장의 주어가 '풀'이었는데 갑자기 낯선 '풀뿌리'가 등장한 것이다. 풀뿌리도 풀에 속한 것으로 보면 그 문제를 단순하게 처리할 수도 있겠으나, 그 문제는 그렇게만 보아 넘길 성질의 것이 아니다. 만일 "날이 흐리고 풀뿌리가 눕는다"라는 형태의 결구 없이 사실에서 비롯한 환상의 반복으로 단순하게 끝을 맺었더라면, 「풀」은 이미 존재하는 것의 무력한 투사에 머물게 되고 말았을 것이며, 현재와 같은 강도를 결코 누리지 못했을 것이다. 그 문제의 구절에서 암시되는 풀의 움

---

50) 「풀」의 마지막 행에 대한 이해와 관련하여 무엇보다 먼저 언급해야 할 사실은 그것이 바로 작품의 결구라는 점이다. 그리고 그것이 결구인 것은, 그 구절이 단순히 작품의 맨 끝에 배치되어 있기 때문이 아니라 작품 자체의 구조적·의미론적 매듭점이기 때문이다. 모든 성공한 작품에는 그 나름의 성공한 결구가 있기 마련이다. "내 시는 '인찌끼'다. 이 「후란넬 저고리」는 특히 '인찌끼'다. 이 시에는 결구가 없다. '낮잠을 자고나서 들어보면 후란넬저고리도 훨씬 무거워졌다'에 기간적(基幹的)인 이미지가 걸려 있기는 하지만 이것이 과연 결구를 무시한 흠집을 커버해줄 만한 강력한 투영을 가졌는지 의심스럽다"(김수영, 전집 2, p.290.)에서 볼 수 있듯이, 김수영은 결구를 매우 중요시했던 시인이다. 실제로 그의 작품을 보면 산문적 진술을 적극적으로 이끌어들인 작품이든 그렇지 않은 작품이든 결구에 대한 배려가 확인된다. 가령 「눈」, 「꽃잎1」, 「꽃잎2」 등에 나오는 결구는 분명한 경우의 예이겠는데, 그만큼 분명하지 않은 작품의 경우에도 그가 의식적으로 결구를 배려했다는 흔적만큼은 비교적 선명하게 확인할 수 있다. 따라서 우리는, "날이 흐리고 풀이 눕는다"라는 구절이 이 작품의 핵이랄 수 있는 그 환상을 과연 하나의 중심 이미지로 강력하게 투영한 것인지 검토해야 할 것이다.

직임은 현실의 그 어떠한 움직임의 형상과도 교환이 성립되지 않는 것이다. 풀뿌리의 움직임이란 현실의 경험세계에서는 가시적으로는 경험할 수 없는 어떤 것이기 때문이다. 우리는 시인이 그 구절에 이르러 풀의 자율적인 움직임이라는 영상을 포기했다고는 볼 수 없다. 가시적인 어떤 것과 직접 연결시킬 수는 없지만, 현실의 경험세계의 그것과는 교환이 되지 않는 어떤 움직임으로 나아감으로써 작품의 짜임관계 속에서 풀은 이 부분에 이르러 비로소 현실의 그것과는 다른 풀이 된다. 다시 말해 현실적인 생명체의 죽음을 통해 그 어떤 다른 것이 되는 것이다. 이와 함께 현실에서 풀이 바람에 나부끼는 사실에 대한 체험의 직접성이 사라지게 되고, 그러한 사실에서 비롯한 환상을 성립시킨 매개였던 바람의 구속력도 함께 사라지게 된다. 그리하여 「풀」은, 김수영 자신의 표현을 빌리면, "여지껏 없었던 세계가 펼쳐지는 충격"을 준다.[51]

　작품에서 '눕는다'와 '운다'가 더 자주 나오지만, 작품의 분위기는 더 적게 나오는 '일어난다'와 '웃는다'에 의해 더 크게 영향을 받는다. '일어난다'의 능동적 움직임과 '웃는다'의 기쁜 감정은 풀의 능력을 부단히 증대시키고 심지어 '풀뿌리가 눕는다'라는 능동적 자기 촉발의 움직임으로 나아가게 한다.[52] 풀뿌리의 움직임은 바람의 영향과는 아무던 관계가 없는 철저한 자기 촉발의 움직임이기 때문이다. 이처럼 김수영의 시 「풀」은 '풀'이라는 존재의 능력의 극대화를 통한 기쁨과 긍정의 세계

---

51) 김수영, 전집 2, p.401.

를 보여준다. 작품을 이해하기 위한 전제로서 풀을 민중이라고 보는 우의적 해석의 시각은 작품 자체의 문맥과 통하지 않는다. 그러나 「풀」에서 구축된, 작품의 구조에 의해 필연적이고 당연한 것으로 여겨지게 하는 풀의 자기 촉발의 능력이야말로 '민중'이 지녀야 할 근원적인 힘이라는 말하는 것은 가능할 것이다.

4. 김수영 문학에서 「풀」의 위치

1) 김수영 문학과 폭로적 자기 분석

김수영 문학이 "폭로적인 자기분석"[53]에 근거하고 있다는 사실은 구체적인 작품들에서 쉽사리 확인된다. 60년대에 발표된 작품들에서 상대적으로 폭로와 노출의 경향이 강화되긴 하지만, 50년대에 발표된 작품들에서도 우리는 그러한 자기분석의 사례를 흔하게 발견할 수 있다. 60년대의 작품들처럼 일상 생활의 구체적 세부를 노출하지는 않으나 50년대의 작품들 역시 분석 주체인 '나'가 등장하여 자신의 생활과 정신과 예술에 대

---

52) 「풀」에서 구축된 자기 촉발의 힘은 '민중의 끈질긴 생명력'의 수준을 넘어선다. '끈질긴 생명력'이라는 말은 이미 수동성과 슬픈 감정을 전제하고 있다. 그것은 버틴다거나 견딘다는 느낌을 주기 때문이다. 그런 힘은 능동적(active) 힘이 아니라 반작용(reactive)의 힘이다.

53) 유동호, 같은 글, 같은 책, p.253.

해 반성한다: "이 영원한 숨바꼭질 속에서/나는 또한 영원한 늬가 없어도 살 수 있는 날을 기다려야 하겠다/나는 億萬無慮의 悔辱인 까닭에"(「너를 잃고」, 1953), "나는 구태여 생각해 본다/그리고 비교하여 본다"(「시골 선물」, 1954), "사람이야 말할 수 없이 애처로운 것이지만/내가 부끄러운 것은 사람보다도/저 날짐승이라 할까"(「도취의 피안」, 1954), "나의 천성은 깨어졌다/더러운 붓끝에서 흔들리는 汚辱"(PLASTER」, 1954), "고통의 영사판 뒤에 서서/어룽대며 변하여가는 찬란한 현실을 잡으려고/나는 어떠한 몸짓을 하여야 되는가"(「映寫板」, 1955), "먼 산정에 있는 마음으로/나의 자식과 나의 아내와/그 주위에 놓인 잡스러운 물건들을 본다"(「구름의 파수병」, 1956), "나는 너무나 많은 첨단의 노래만을 불러왔다/나는 정지의 미에 너무나 둔한하였다"(「서시」, 1957), "그대는 반짝거리면서 하늘아래에서/간간이/자유를 말하는데/우스워라 나의 靈이은 죽어 있는 것이 아니냐"(「사령」, 1959). 이러한 1950년대의 작품들과 비교할 때 1960년대의 작품들에서 김수영은 자신의 구체적 일상을 분석 대상으로 삼으면서 거기에다 희화적인 극적 상황을 부여한다. 「罪와 罰」(1963), 「강가에서」(1964), 「어느날 古宮을 나오면서」(1965), 「식모」(1966), 「엔카운터誌」(1966), 「電話이야기」(1966), 「도적」(1966), 「美濃印札紙」(1967), 「性」(1968), 「의자가 많아서 걸린다」(1968) 등 1960년대에 그가 쓴 작품들 대부분이 그러한 경향을 보여준다. 대표적인 경우에 해당하는 「도적」을 보자.

돈에 치를 떠는 여편네도 도적이 들어왔다는
말에는 놀라지 않는다
그놈은 우리집 광에 있는 철사를 노리고 있다
싯가 七백원가량의 새 철사뭉치는 우리집의
양심의 가책이다
우리가 도적질을 한 것은 아니지만 우리가
훔친 거나 다름없다 아니 그보다도 더 나쁘다
앞에 二층집이 신축을 하고 담을 두르고
가시철망을 칠 때 우리도 그 철망을 치던
일꾼을 본 일이 있다
그 일꾼이 우리집 마당에다 그놈을 팽개
쳤다 그것을 그놈이 일이 끝나고나서
가져갈 작정이었다 막걸리값으로 하려고
했는지 아침쌀을 팔려고 했는지 아마
그정도일 거라 그것을 그놈이 가져
가기 전에 우리가 발견했다
이 횡재물이 지금 우리집 뜰아래 광에
들어있다

나는 도적이 이 철사의 반환을 꾀하고 있다고
생각한다 우리집 건넌방의 캐비네트를
노리고 있다고는 생각되지 않는다 아마
그럴지도 모르지만
나는 광문에 못을 쳐놓았다

그 이튿날 여편네와 식모가 하는 말을 들어보니
철사뭉치는 벌써 지하실에 도피시켜 놓은 모양이었다
도적은 간밤에는 사그러진 담장쪽이 아닌
우리집의 의젓한 벽돌기둥의 정문 앞을
새벽녘에 거닐었다고 한다
시험공부를 하느라고 밤을 새는 큰아이놈의
말이다 필시 그럴거라

—「도적」 부분

　이 시에 등장하는 모든 인물들은 제목 그대로 모두 '도적'이다. 시인의 집 마당에 슬쩍 철사를 던져 놓은 인부도, 자기의 것이 아닌 것을 지키려고 광문에 못을 치는 시인도, 더욱 잽싸게 지하실에 도피시켜 놓게 한 시인의 아내도, 주인의 말이라고 무조건 따른 식모도, '도적'이 아니었을지도 모르는 사람을 부모의 말만 듣고 도적이라고 생각한 시인의 큰아들도, 담장에 철조망을 두르는 이층집 주인도 모두가 다 도적이다. 특히 시인은 "의젓한 벽돌기둥"으로 된 자신의 집 정문을 묘사함으로써 담장에 철조망을 두르는 이층집 주인과 자신이 크게 다르지 않다는 점을 넌지시 보여준다. 아무튼 그들은 김수영이 즐겨 쓰는 말로 모두 '양심'을 지버린 쇠의 공모관계에 연루돼 있다. 여기서 주목해야 할 점은 '죄의 공모관계'에 관한 것이다. 보편적으로 사회에 의해 매개된 세계에서는 이 세계에서 이루어지는 죄의 연관관계의 외부에 위치하는 것은 아무것도 없다. 김수영이 가장 증오한 것은 우리 사회의 후진성과 허위의식이었지만 그러한 것을 증오하고 비판하는 자기 자신조차도 거기에 연루되어 있다는 사실을 그는 냉철하게 인식했다. 문명이나 사회가 내 바깥에 있거나 내가 그 바깥에 있는 것이 아니라, 그것의 한가운데에 내가 있고 그것이 내 한가운데 있다. 문명이나 사회에 죄가 있다면 동시에 내게도 죄가 있게 된다. 그러한 사실의 인식 때문에 김수영은 우리 사회의 부정적 양상들을 비판할 때에는 죄의 연관관계의 외부에서 하지 않고 자기도 그 죄에 연루된 일종의 '공범 증인'으로 스스로의 죄를 자백하면서 그러한 비판을 수행한다. 작품들 거의 대부분이 희화적 분위기를 띠고 있는 것도 비판의 그러한 이중적 양상 때문이다. 김수영에게 '폭로적인 자기 분석'은 자기 자신과 세상의 허위를 비판할 수 있는 지점을 확보하기 위한 방법이었다.

2) 김수영 문학의 윤리적 주체

김수영의 전반적인 작품 성향과는 크게 대비되는 「풀」의 성격과 관련하여 한편에서는 김수영 문학의 진화 과정에서 그 작품이야말로 그가 정말로 쓰고 싶었던 작품이고 그 이후로도 지속적으로 쓰고자 했을 작품이라고 주장하는가 하면,[54] 다른 한편에서는 그 작품은 "행복한 시간의 우연"에 불과한 것이라고 주장하면서 그 이후로 그가 과연 그와 같은 작품을 지속적으로 추구했을 것인가에 대해서는 회의적인 입장을 보인다.[55] 미래

---

54) 황동규, 「정직의 공간」, 황동규 편, 전집 별권, pp.125~128.

는 함부로 예단할 수 없는 것이므로 그 이후로도 김수영이 그와 같은 시도를 하였을 것인지에 대해서는 파악할 수 없으나, 적어도 우리는 「풀」이 결코 그의 시의 진화 과정에서 돌발적으로 생겨난 '행복한 시간의 우연'이 아니라 점진적인 형성 과정의 필연적인 귀결이라 생각한다. 우리가 볼 때, 「풀」은 그 내용의 측면에서는 「토끼」(1949)와 「달나라의 장난」(1953)과 「폭포」(1957)를 잇는 '윤리적 주체'의 부단한 자기 형성 과정의 한 매듭점이며, 동시에 그 형태의 측면에서는 「눈」(1966. 1. 29)과 「꽃잎1」(1967.5.2)과 「꽃잎2」(1967. 5. 7)에서 집중적으로 시도된 '언어의 작용'과 연관된 실험 과정의 한 매듭점이기 때문이다.

"생후의 토끼가 살기 위하여서는/전쟁이나 나의 진실성 모양으로 서서 있어야 하였다/누가 서 있는 게 아니라/토끼가 서서 있어야 하였다"라고 노래한 「토끼」에서 주목되는 것은 "누가 서 있는 게 아니라 내가 서 있"고자 하는 주체의 의지이다. 주체의 그러한 의지라는 문제를 놓고 볼 때 「토끼」의 연장선상에 놓여 있는 「달나라의 장난」(1953)의 화자는 아래에서 보는 것처럼 "스스로 도는 힘"에 대한 열망을 보여준다.

> 팽이가 돈다
> 팽이가 돌면서 나를 울린다
> 제트기 벽화 밑의 나보다도 더 뚱뚱한 주인 앞에서
> 나는 결코 울어야 할 사람은 아니며

---

55) 유종호, 같은 글, 같은 책, p.257.

영원히 나 자신을 고쳐가야 할 운명과 사명에 놓여 있는 이 밤에
나는 한사코 방심조차 하여서는 아니 될 터인데
팽이는 나를 비웃는 듯이 돌고 있다
비행기 프로펠러보다는 팽이가 기억이 멀고
강한 것보다는 약한 것이 더 많은 나의 착한 마음이기에
팽이는 지금 수천 년 전의 聖人과 같이
내 앞에서 돈다
생각하면 서러운 것인데
너도 나도 스스로 도는 힘을 위하여
공통된 그 무엇을 위하여 울어서는 아니 된다는 듯이
서서 돌고 있는 것인가

—「달나라의 장난」 부분

위의 시에서 "영원히 나 자신을 고쳐가야 할 운명과 사명에
놓여 있"음을 자각하는 화자를 우리는 윤리적 주체라 부를 수
있다. 윤리학에서는 사람이 각자 자신의 능력을 발휘하며 자기
완성에 이르기 위해 노력하는 것을 자기실현이라 하고, 그것을
사람이 삶에서 추구해야 할 궁극가치로 설정한다. 자기 삶을
스스로 결정하는 것, 다시 말해 자신의 목표를 선택하며 그 목
표에 부합되는 행동양식을 실천할 능력을 지니고 발휘하는 것
이 인간의 본질이라 파악하는 것이다. 그 능력을 발휘할 수 있
게 해주는 것이 바로 힘이며, 긍정적인 혹은 이상적인 사회는
그 구성원 각자가 인간으로서 타고난 자질과 능력을 마음껏 사
용하고 발전시키는 방향으로 그 힘을 극대화하는 목표를 지향

해야 한다고 믿는 것이 윤리학의 이상이다. 어쩌면 김수영 문학은 윤리적 주체가 창작을 매개로 자기실현을 이룩해가는 역동적 드라마와 같은 것이었다고 보아도 무방할 것이다. 우리는 김수영이 여러 산문을 통해 현실의 정치와 사회 문제에도 적극적인 관심을 보이면서 부정적이라 판단되는 현상들에 대해 강력한 이의와 비판을 제기했다는 사실을 알고 있다. 아마도 그의 그런 행동 역시 자기를 실현해 가는 윤리적 주체의 행동의 연장선상에 놓이는 것으로 파악할 수 있을 것이다.

1968년에 쓴 시론인 「시여, 침을 뱉어라 : 힘으로서의 시의 존재」에서 "현대에 있어서는 시뿐만 아니라 소설까지도 모험의 발견으로서 자기 형성의 차원에서 그의 〈새로움〉을 제시하는 것이 문학자의 의무로 되어 있다"고 주장하다시피,[56] 윤리적 주체의 부단한 자기 형성의 문제는 김수영 문학의 핵심이라 할 수 있다. 그리고 "나는 너무 작품의 힘의 가치에만 치중하고 있는지도 모른다"라는 구절이 시사하듯이,[57] 윤리적 주체에게 자기실현과 자기형성의 능력을 가능하게 해주는 '힘'의 문제는 본질적이고 필연적인 것이다. 김수영은 그의 여러 작품에서 그와 같은 '힘'의 문제를 다루는데, 「폭포」는 그 대표적인 경우라 할 수 있다.

　　폭포는 곧은 절벽을 무서운 기색도 없이 떨어진다

---

56) 김수영, 앞의 글, 같은 책, p.400.
57) 김수영, 「예술작품에서의 한국인의 애수」, 같은 책, p.351.

규정할 수 없는 물결이
무엇을 향하여 떨어진다는 의미도 없이
계절과 주야를 가리지 않고
고매한 정신처럼 쉴 사이 없이 떨어진다

금잔화도 인가도 보이지 않는 밤이 되면
폭포는 곧은 소리를 내며 떨어진다

곧은 소리는 소리이다
곧은 소리는 곧은
소리를 부른다

번개와 같이 떨어지는 물방울은
취할 순간조차 마음에 주지 않고
나타(懶惰)와 안정을 뒤집어 놓은 듯이
높이도 폭도 없이
떨어진다

—「폭포」 전문

　　위의 시는 "고매한 정신"이라는 추상적 관념을 높은 곳에서
급격하게 떨어지는 폭포의 형상을 통해 감각적으로 제시한 작
품이다. 폭포의 형상과 소리를 통해 '고매한 정신'은 시각적이
고 청각적인 감각의 대상으로 다가오긴 하지만, 화자 자신의

언표처럼 그것은 규정할 수도 없고 무엇을 향하여 떨어진다는 의미도 없다. '고매한 정신'의 그와 같은 '규정할 수 없음'과 '의미 없음'은 그것이 인간의 이해 능력을 초월한 어떤 것이라는 점을 가리키며, 바로 그렇기 때문에 그것은 경외심이나 열정적 격정을 불러일으키는 숭엄한 대상이 된다. 「풀」에서 풀의 움직임을 관찰하면서 나름의 인식과 발견을 통해 풀의 자율적인 움직임과 일체가 되는 체험을 하는 존재자를 설정할 수 있듯이, 「폭포」에서도 폭포의 형상과 소리에 대한 관찰을 통해 나름의 인식과 발견에 이르는 존재자를 설정할 수 있다. 두 시에서 설정할 수 있는 존재자는 모두 윤리적 주체들이다. 「폭포」에서 그 존재는 '고매함'과 '곧음'을 지향하고, 나타와 안정을 경계하며, 자신에게 경계와 반성의 계기가 되어준 폭포의 형상과 소리에조차도 취하지 않으려고 하는 윤리적 주체이다. 그러나 그 주체는 자신의 외부에 있는 숭엄한 대상의 힘에 기대어 자신이 처하게 될지도 모를 존재의 부정적 양태를 경계한다. 무서운 기색도 없이 떨어지는 형상과 고매한 정신을 연상시키는 "곧은 소리"의 장엄함과 우렁참에도 불구하고 작품의 어조에 슬픔이 배어 있는 듯한 인상을 받게 되는 것은, 작품의 화자인 윤리적 주체의 부단한 성찰과 경계에도 불구하고 폭포의 힘이 아직 ㄱ의 힘으로 되지 못했기 때문일 것이다.

　「폭포」와 비교할 때 「풀」의 화자는 "발목까지/발밑까지 눕는다"는 구절의 '발목'과 '발밑'을 풀의 그것으로 보아도 무방할 만큼 철저하게 감추어져 있어서, 서술하는 주체인 화자와 서술되는 대상인 풀이 거의 하나가 되었다고 느껴질 정도이다. 풀의 움직임은 생태학의 차원에서 풀의 존재를 유지하기 위해 필요한 것이지만, 애초에는 바람에 나부끼는 수동적인 것이었다. 그러나 풀은 부단한 나부낌 속에서 수동적인 것을 능동적인 것으로, 슬픈 감정을 기쁜 감정으로 전환한다. 「풀」에서 능동적인(또는 자율적인) 움직임과 기쁜 감정은 외부에서 주어진 것이 아니다. 그것은 풀이 부단히 눕고 일어나고 울고 웃는 행위를 통해 생산한 것이다. 풀이기도 하고 화자 자신이기도 한 「풀」의 윤리적 주체는 김수영 자신의 말처럼 자기 형성의 차원에서 스스로의 새로움을 제시한다. 김수영이 1968년에 발표한 시론인 「시여, 침을 뱉어라」의 부제는 '힘으로서의 시의 존재'이다. 그는 1960년대에 쓴 여러 산문에서 박용철(朴龍喆)의 「빛나는 자취」 같은 작품들이 보여주는 '힘의 세계'에 대해 자주 언급한다. 자기 촉발의 '힘'에 대해 노래하는 「풀」이 '행복한 시간의 우연'이 아니라 점진적인 형성과정의 필연적인 귀결이라고 보는 근거도 바로 그러한 사실들에 있다.

3) 시의 사건과 구조

이상에서 우리는 김수영의 시에 주도적으로 등장하는 '폭로적인 자기 분석'의 방법론과 연관된 작품들을 살펴보았다. 그런데 김수영 문학과 그의 시의식의 전모를 파악하기 위해서는 그러한 작품들과는 다른 계열에 속한 작품들에 대한 참조가 필요하다. 그러한 계열에 속하는 작품으로 대표적인 경우가 「거위 소리」와 「눈」이다. 우선 「거위 소리」를 살펴보자.

　거위의 울음소리는

　밤에도 여자의 縞瑪色 원피스를 바람에 나부끼게 하고

　강물이 흐르게 하고

　꽃이 피게 하고

　웃는 얼굴을 더 웃게 하고

　죽은 사람을 되살아나게 한다

─「거위 소리」 전문

　1964년 3월에 발표된 이 작품에서는 '폭로적인 자기 분석'의 흔적이 보이지 않는다. 분석 주체인 '나'도 등장하지 않고 일상 생활의 구체적인 세부도 눈에 띄지 않는다. 작품에서 강조되는 것은 우연히 듣게 된 거위의 울음소리와 또한 우연히 보게 된 몇 가지 풍경들이다. '여자의 호마색 원피스'와 '강물'과 '꽃'과 '얼굴'은 원래 거위의 울음소리와는 아무런 관련이 없는 것들이다. 거위가 울 때 마침 바람이 불어 원피스를 나부끼게 하였다면 그것은 우연한 사태일 뿐이다. 작품에서 한 인물은, 그러나, 거위의 울음소리가 원피스를 바람에 나부끼게 하고, 강을 흐르게 하고, 꽃을 피우고, 웃는 얼굴을 더 웃게 했다고 주장한다. 작품의 결구라고 할 수 있는 마지막 행에서는 심지어 그 거위 소리가 죽은 사람을 되살아나게도 한다고 주상한다. 다시 말해 화자는 거위의 울음소리로 인해 발생한 주술적 사건에 대해 보고하고 있는 것이다. 우리는 화자의 그런 주장에 동의할 수 없는데, 그 이유는 화자의 목소리가 '숭엄함'을 보유하지 못하고 있기 때문이다. 시에서 '숭엄함'이란 인간의 이해 능력을 초월하는 것이며, 경외심이나 열정적인 격정을 불러일으키면서 화자에게 인간의 능력을 초월하는 어떤 느낌을 부여하는 것과 맺는 관계를 뜻한다.[58] 신이 사라져 버린 '궁핍한 시대'에 시인이나 시의 화자는 그러한 숭엄함을 직접적으로 보유할 수 없다. 현대시는 주술적 마법을 가능하게 하는 숭엄함을 확보하기 위해 언어의 비의미론적 성질 소리, 리듬, 글자의 반복 을 전경화한다. 현대시의 화자는 어떤 정보를 전달하기 위해서만 말을 하는 것이 아니라, 시적이고 예언적인 목소리로 자신의 정체성을 설정하기 위해서도 말을 하는 것이다. 현실의 경험세계에서는 거의 소음에 가까운 거위의 울음소리가 이 시에서는 특별한 사건의 동인이 되고 있다. 그 사건의 구체적인 내용은 죽은 사람이 되살아나는 기적의 실현이다. 그러나 그 특별한 사건은 화자에 의해 주장될 뿐이지 작품의 구조에 의해 구축되지 못한다. 기적의 놀라움에도 불구하고 화자의 주장이 공허하게 느껴지는 것도 그 때문이다. 시의 사건을 시의 구조가 보증해주지 못하고 있는 것이다. 여기서 우리는 '폭로적인 자기 분석'의 방법에 입각한 작품들과 이 작품에서 시의 언어가 갖는 기능의 차이에 대해 주목할 필요가 있다. 구체적인 일상의 세부들을 재료로 희화적인 극적 상황을 설정해놓고 자기 자신과 사회의 부정적 양상을 비판하는 '폭로적인 작기 분석'의 시들에서 시의 언어는 서술적인 기능을 수행할 뿐이다. 그것들은 정황을 묘사하고 화자의 자의식을 토로하는 데 필요한 도구에 불과하

---

58) 조너선 컬러, 이은경·임옥희 역, 『문학이론』(동문선, 1999), p.124.

다. 일상의 현실에서는 불가능한 기적과도 같은 사건의 구축을
의도한 「거위 소리」에서 언어는 단순한 도구의 수준을 넘어서
지 않으면 안 된다. 시의 구조 속에서 언어 자체가 주술성을 발
휘해야만 그 구조를 통해 구축된 사건 자체가 주술성을 띠게
되는 것이다. 이 경우 시인이 말하는 것이 아니라 언어 스스로
말해야 할 것이다. 그러나 「거위 소리」에서 '사건으로서의 시'
와 '구조로서의 시' 사이에 가로놓인 단절이 작품의 결구인 "죽
은 사람을 되살아나게 한다"라는 선언의 주술성을 뒷받침해주
지 못하고 있다.

「거위 소리」와 비교할 때, 1966년 1월에 발표된 「눈」은 '사
건으로서의 시'와 '구조로서의 시'가 훨씬 더 긴밀하게 결합되
어 있는 작품이다.

　　눈이 온 뒤에도 또 내린다

　　생각하고 난 뒤에도 또 내린다

　　응아 하고 운 뒤에도 또 내릴까

　　한꺼번에 생각하고 또 내린다

　　한줄 건너 두줄 건너 또 내릴까

　　廢墟에 廢墟에 눈이 내릴까

　　　　　　　　　　　　　　　　　—「눈」 전문

김수영은 「장마 풍경」(1964. 7. 21)이라는 글에서 "풍경을 볼 때도 바쁘게 보는 풍경이 좋다. 일을 하다가 잠깐 쉬는 동안에 보는 풍경. 그리고 다시 아무렇지도 않은 듯이 일을 계속하게 하는 풍경. 다시 말하자면 그것은 일을 하면서 보는 풍경인 동시에 풍경 속에서 일을 하는 것이다"라고 하였는데, 「눈」에서도 우리는 그 구절에서 포착할 수 있는 것과 같은 김수영 특유의 윤리적 주체의 역경주의(力耕主義)와 금욕주의를 발견하게 된다. 「눈」에서 화자는 하염없이 눈이 내리는 풍경을 보면서 무엇인가를 쓰고 있고, 쓰면서 생각하고 생각하면서 풍경을 본다. 풍경이 주는 즐거움에 매료되어 자신의 일손을 놓고 싶은 욕망을 자제하니 '금욕주의'이고 풍경을 보면서 풍경 속에서 나름의 일을 계속하니 '역경주의'이다. 그와 같이 무엇인가를 쓰면서 생각하고 생각하면서 눈이 내리는 풍경을 보는 화자의 모습 자체가 하나의 풍경이 되어 작품으로 구축된 것이 바로 「눈」이다. 그러나 「눈」은 단순히 의미 있고 아름다운 풍경만을 보여주는 시는 아니다. 이 시에서 언어의 조직과 작품의 구조는 풍경이나 시인의 생각을 단순히 묘사하는 데 머무르지 않고, 풍경과 생각을 통합할 뿐만 아니라 작품에서 하나의 사건을 구축한다. 그 사건은 '폐허에 눈이 내린다'는 것이다. 첫 행에서도 알 수 있듯이 이 시는 현실의 경험 세계에 기반하고 있다. 지속해서 눈이 내리는 모습이 작품에 수용되면서 그것은 하나의 사건으로 구축되기 시작하는데, 그 사건화에 기여하는 것은 바로 작품의 구조이다. 첫째 행과 둘째 행에서 두 번 반복되는 "또 내린다"에 이어지는 셋째 행의 "또 내릴까"는, 넷째 행에서 다시 반복되는 "또 내린다"로 인해, 회의하는 의문이 아니라 확신하는 강조가 된다. 이어서 다섯째 행과 여섯째 행에서도 반복되는 '내릴까'는, 그처럼 확신하는 강조의 문맥을 점층적으로 강화하면서 작품의 결구인 마지막 행에 이르러 마침내 '폐허에 눈이 내린다'는 사건을 성취한다. 인간의 삶의 터전으로서 기능을 상실한 '폐허'는 대지의 상처이자 세계의 상처이기도 할 것이다. 그러한 폐허에 내리는 눈은 단순한 자연 사물이 아니라 주술적 치유력을 지닌 신의 선물이 된다. 그 하얀 선물에 덮여 그 검고 황폐한 상처는 아마도 치유될 수 있을 것이다. 이 시에서 구축된 사건은, 그러므로, 단순히 '폐허에 눈이 내린다'는 사실이 아니다. 쉽사리 화해될 수도 극복될 수도 없는, 폐허로 상징화되는 상처가 주술적 치유력을 지닌 눈에 의해 새하얗게 치유되는 것, 그것이 바로 이 시에서 성취된 사건이다. 시에서 성취된 사건은 현실의 경험 세계에서도 성취될 어떤 것을 환기시킨다. 시가, 나아가 예술이 양탄자와 같은 단순한 장식적인 아름다움에서 벗어나 그 어떤 진리 내용에 도달할 수 있는 근거도 이제까지 존재한 적이 없는 어떤 것의 존재 가능성을 그와 같이 작품 자체를 초월함으로써 환기시키는 데 있을 것이다. 이와 같이 '사건으로서의 시'와 '구조로서의 시'가 상호 조화를 이룬다는 점에서도 「눈」과 「풀」은 매우 닮아 있다. 그것은 「풀」이 결코 '행복한 시간의 우연'이 아니라는 사실을 증명해준다. 그런데 두 작품에서 구축된 힘의 성격은 서로 차이가 있다. 「눈」에서 그 힘은 자연의 은총 같은 주체 바깥의 힘이지만, 「풀」에서 그 힘은 주체의 확대된 능력에 의해 생성된 주체 내부의 힘이다.

4) 「풀」의 작품 완성도 : 상징성과 초월성

「풀」에 관한 새로운 해석의 의미체를 제시하는 자리에서 우리는 작품의 결구인 "날이 흐리고 풀뿌리가 눕는다"의 의미와 기능에 대해 이미 언급한 바 있다. 「풀」이 김수영을 대표하는 작품들로 평가되는 「폭포」나 「눈」보다 완성도가 더 높다는 판단의 근거는 바로 그 결구에 있다. 「폭포」와 「눈」 역시 작품을 이루는 구성 계기들의 짜임관계를 통하여 어떤 힘을 구축하고자 한 작품들이다. 「폭포」에서는 폭포의 우렁찬 소리와 비장미마저 감도는 직하의 형상에서 연상되는 '고매한 정신'의 맹렬한 힘을 발견할 수 있고, 「눈」에서는 세계의 상처이자 대지의 흉터인 '폐허' 위에 내려 그 흉터와 상처를 치유하는 순결한 눈의 부드러운 힘을 확인할 수 있다. 「폭포」에서는 폭포의 쉼 없는 노동의 형상을 통해 나타(懶惰)와 안정이 배격되고, 「눈」에서는 작품의 내재적 공간에 국한된 것이긴 하지만 주술적인 치유 효과가 이루어진다. 그런데 그 두 작품에서는 「풀」의 경우와 달리 존재하지 않는 것의 갑작스런 출현과 같은 어떤 현상이 발견되지 않는다. 감각적인 매개를 통해 어떤 형상이 제시되긴 하지만 그것들은 현실의 경험세계에 여전히 속박되어 있으며, 작품에서 구축된 그 매력적인 형상들은 교환 가치의 회로 속에서 상품처럼 팔릴 위험에도 노출되어 있다. 이들과 비교할 때 「풀」에서는 존재하지 않는 어떤 것, 경험세계의 내용과 교환이 성립되지 않는 어떤 것이 작품 자체의 구조를 통하여 나타난다. 그러한 출현의 매개가 되는 것이 바로「풀」의 결구인 "날이 흐리고 풀뿌리가 눕는다"이다.

「풀」에서 구축된 결구의 사상은 심원하고 그 진리 내용은 깊다. 거기에는 김수영이 즐겨 사용했던 말인 '죽음'과 '자유'와 '침묵'과 '사랑'이 구성의 계기들로 함께 작용한다. 앞에서도 강조했다시피 우리는 시인이 그 구절에 이르러 풀의 자율적인 움직임이라는 영상을 포기했다고는 볼 수 없다. 현실에서 눈으로 직접 확인할 수 있는 어떤 것과 연결시킬 수는 없지만, '풀뿌리'의 움직임을 '날이 흐리고'와 연계시키고 또한 환상의 출발점이었던 '눕는다'라는 움직임의 양태로 수용하고 있기 때문이다. 바람의 속박에서 벗어난 자율적인 움직임이 연상시키는 '자유'에 대한 동경이 여전히 강력하게 작용하고 있는 것이다. 문제는 그러한 자유를 추구하는 방법이다. 이 작품에는 그런 자유를 가능하게 하기 위한 죽음의 울림이 있다. 현실의 경험 세계의 그것과는 교환이 되지 않는 어떤 움직임으로 나아감으로써 작품의 짜임관계 속에서 풀은 이 부분에 이르러 비로소 현실의 그것과는 다른 풀이 된다. 다시 말해 현실적인 생명체의 죽음을 통해 그 어떤 다른 것이 되는 것이다. 이와 함께 현실에서 풀이 바람에 나부끼는 사실에 대한 체험의 직접성이 사라지게 되고, 그러한 사실에서 비롯한 환상을 성립시킨 매개였던 바람의 구속력도 함께 사라지게 된다. 그러나 그 구절은 '풀뿌리'의 움직임을 '날이 흐리고'와 연계시키고 또한 환상의 출발점이었던 '눕는다'라는 동작의 양태로 수용하고 있다는 점에서 어떤 연관 관계에 근거한 듯하지만 그러한 연관 관계를 명백히 보여주지는 않는다. 경험 세계의 총체적인 속박을 부정하는 초월적 암호로서 '풀뿌리'의 자율적인 움직임의 근거에 대해서도, 그것이 가리키는 구체적인 의미에 대해서도 침묵하고 있는 것이다. 이때 침묵은 무의미한 공허가 아니라 "아무도 하지 못한 말"이 생성되기 시작하는 지반으로서의 그것이다.[59] 우리는 그 "아무도 하지 못한 말"을 듣기 위해, 그리고 그 의미를 이해하기 위해 그 마지막 구절이 인도하는 침묵의 집인 「풀」 그 자체로 끊임없이 되돌아와야 하는 것이다.

일차적으로 「풀」은 작품 창작의 동기가 된 것으로 추측되는 환상을 통해 현실의 경험세계와 대립하고, 더 나아가 그 결구를 통해 경험적인 의미들이나 경험세계 자체와 대립하는 어떤 영역을 본질적으로 구성한다. 풀이 나름으로 획득한 능동적이고 자율적인 움직임에 대한 서술이었던 '풀이 눕는다'는 풀이 바람에 나부끼는, 수동적이고 타율적인 모습에 대한 관찰의 결과였다. 그것은 언제나 바람이 불어야만 풀이 움직인다는 현실

---

59) 김수영은 「시여, 침을 뱉어라」라는 산문에서 다음과 같이 말한 바 있다 : "시도 시인도 시작하는 것이다. 나도 여러분도 시작하는 것이다. 자유의 과잉을, 혼돈을 시작하는 것이다. 모기소리보다도 더 작은 목소리로 시작하는 것이다. 모기소리보다도 더 작은 목소리로 아무도 하지 못한 말을 시작하는 것이다. 아무도 하지 못한 말을. 그것을—" 흔히 우리는 이 구절을 언론 자유의 행사와 같은 내용의 맥락에서 파악하는 경향이 있다. 그러나 「시여, 침을 뱉어라」의 전체 맥락에 근거할 때, '아무도 하지 못한 말'은 내용뿐만 아니라 형식의 맥락에서도 적용되는 것이며, 더 나아가 구분될 수도 절충될 수 없는 내용과 형식의 '대극적 긴장'에 의한 통일로서 작품 그 자체의 발화를 가리키는 것으로 보아야 할 것이다.
김수영, 전집 2, p.254.

의 경험세계로 다시 되돌아 갈 위험에 노출되어 있었다. 그러나 '날이 흐리고 풀뿌리가 눕는다'는 서술은 경험세계에 대한 모사의 성격을 완전히 탈각함으로써 존재하지 않는 어떤 것이 나타나게 한다. 요컨대 이제 풀의 능동적 자기 촉발의 움직임은 암호와 같은 것이 된다. 그것은 바람이 부는데도 불구하고 풀이 스스로 움직이는 것과 같은 환상처럼 직접적으로 현존하는 듯한 형상으로 나타나지 않는다. 「풀」에서 풀의 상징은 민중이 아니다. 그것은 그 어떤 것도 상징하지 않음으로써 오히려 하나의 상징이 된다. 역설적이게도 김수영의 「풀」에서 풀의 상징은 초월성 그 자체일 것이다. 그런 의미의 맥락에서 「풀」을 절대 텍스트와 같은 개념의 순수시로 파악하고자 했던 김인환의 견해는 그의 애초의 의도와는 다른 방향에서 「풀」에 내재된 진리내용을 향하고 있는지도 모른다.

김혜순은, 비록 구체적인 내재 분석의 절차를 생략했지만, 김수영의 「해동」이라는 글의 한 구절에 근거한 직관적 통찰을 통해 다음과 같이 주장한다 : "「풀」은 즉자적 인식에서부터 발전하여 자기 모순을 발견해나가면서 대자적 인식에 도달한 자신의 모습을 표출한 작품이다. 스스로의 변화성(눕고, 일어나고, 울고, 웃는)으로 타물(바람)에 의존치 않고 그 존재를 성립시킨 존재자의 모습을 구현한 작품이다."[60]「풀」에 내한 이제까지의 해석에 근거할 때 우리는 김혜순의 주장을 충분히 수용할 수 있다. 그러나 그가 「풀」에서 읽어낸, 아니 투사해낸 '자유'에는 다음과 같은 계기가 추가되어야 할 것이다. 「풀」의 형상화 과정에서 하나의 시발점이자 질적 승화의 계기가 되었던 환상은

94

예술 작품의 형상화에 있어 여러 가지 기술적 해결 가능성에
대한 무제한의 처리능력을 의미하기도 한다는 점에서 자유의
파생물이라 할 수 있다. 따라서 작품의 풀에게 자유를 부여하
는 것은 작품의 바깥에서 투사한 어떤 추상적인 관념이 아니라
바로 정신의 자유로서 작품의 형상화 과정 자체이며 형식이라
고 말할 수 있는데, 그런 맥락에서 그것은 사랑이라고도 말할
수 있을 것이다. 김수영은 사랑을 다음과 같이 규정하기 때문
이다.

> 시작(詩作)은 '머리'로 하는 것이 아니고, '심장'으로 하는 것도 아
> 니고, '몸'으로 하는 것이다. '온몸'으로 밀고 나가는 것이다. 정확하
> 게 말하자면, 온몸으로 동시에 밀고 나가는 것이다.
> 그러면 온몸으로 동시에 무엇을 밀고 나가는가. 그러나―나의 모
> 호성을 용서해 준다면― '무엇을'의 대답은 '동시에'의 안에 이미 포
> 함되어 있다고 생각된다. 즉 온몸으로 동시에 온몸을 밀고 나가는
> 것이 되고, 이 말은 곧 온몸으로 바로 온몸을 밀고 나가는 것이 된
> 다. 그런데 시의 사변에서 볼 때, 이러한 온몸에 의한 온몸의 이행이
> 사랑이라는 것을 알게 되고, 그것이 바로 시의 형식이라는 것을 알
> 게 된다.[61]

---

60) 김혜순, 같은 글, 같은 책, p.190.
61) 김수영, 전집2, p.250.

5. 결론

이제까지 살펴보았듯이 「풀」은 김수영 문학의 전개 과정에서 돌발적으로 생겨난 '행복한 시간의 우연'의 산물이 아니다. 그 것은 점진적인 형성 과정의 필연적인 귀결이다. 「풀」은 그 내용의 측면에서는 「토끼」(1949)와 「달나라의 장난」(1953)과 「폭포」(1957)를 잇는 '윤리적 주체'의 부단한 자기 형성 과정의 한 매듭점이며, 동시에 그 형태의 측면에서는 「눈」(1966. 1. 29)과 「꽃잎1」(1967. 5. 2)과 「꽃잎2」(1967. 5. 7)에서 집중적으로 시도된 '언어의 작용'과 연관된 실험 과정의 한 매듭점이다.

「풀」의 해석에서 '바람'과 '풀'의 관계를 억압세력과 민중의 관계로 파악하는 것은 작품의 문맥과 잘 맞지 않는다. 작품에서 바람과 풀의 관계는 그 자체로 보아야 하며, 그 관계에서 주목해야 할 것은 힘의 문제이다. 현실 세계에서 풀의 움직임은 바람에 의한 수동적인 것이지만, 작품의 가상 세계에서 풀의 움직임은 능동적인 것으로 바뀐다. 작품에서 '눕는다'와 '운다'가 더 자주 나오지만, 작품의 분위기는 더 적게 나오는 '일어난다'와 '웃는다'에 의해 더 크게 영향을 받는다. 「풀」은 '풀'이라는 존재자의 능력의 극대화를 통한 기쁨과 긍정의 세계를 보여준다.

김수영이 1968년에 발표한 시론인 「시여, 침을 뱉어라」의 부제는 '힘으로서의 시의 존재'이다. 그는 1960년대에 쓴 여러 산문에서 박용철(朴龍喆)의 「빛나는 자취」 같은 작품들이 보여주는 '힘의 세계'에 대해 자주 언급한다. 자기 촉발의 '힘'에 대해 노래하는 「풀」이 '행복한 시간의 우연'이 아니라 점진적인 형성과정의 필연적인 귀결에 따른 것이라고 보는 근거도 바로 그러한 사실들에 있다.

「풀」은 고정된 본질 대신에 운동과 변화가 가득 찬, 어떤 특별한 고정점도 없으므로 무한한 운동을 가능하게 하는 '힘의 세계'를 지향하고자 했던 김수영 문학의 핵심을 작품의 높은 완성도를 통해 보여주는 그의 대표작이라 최고작이라 할 수 있다.

풀의 자율성과 초월적 암호
김수영의 시 「풀」 연구

풀의 자율성과 초월적 암호

김수영의 시 「풀」 연구

1. 서론

1) 문제 제기

김수영은 1945년부터 시를 쓰기 시작해서 1968년 작고하기까지 모두 173편의 작품을 발표했다.[1] 이러한 20여 년의 시작 과정에 있어서 맨 끝에 위치하는 마지막 작품이 「풀」이다. 이 시는 김수영 문학에 대한 본격적인 논의가 이루어지면서 많은 관심의 대상이 되어 왔다. 그 이유는 아마도 김수영이 부단한 '자기 혁파'[2]와 '자기 갱신'[3]의 시인으로 이해되고 있다는 점에서 찾을 수 있을 듯하다. 즉, 그러한 부단한 정진의 시인의

---

1) 173편이라는 수치는 『김수영전집 시』(민음사, 1981)에 근거한 것임.
2) 김주연, 「교양주의의 붕괴와 언어의 범속화」, 황동규 편, 『김수영의 문학』(민음사, 1983), p.276. 이하에서는 '전집별권'으로 약칭하여 쓰기로 한다.

돌연한 죽음은 사람들에게 그의 시적 작업이 정지되지 않고 계속 이어져 나갔더라면 하는 아쉬움을 남겼던 것이다. 그리고 그 아쉬움은 김수영이 가게 되었을지도 모를 미지의 시적 공간에 대한 추측으로 연결되었으며, 그것은 다시 그 미지의 시적 공간과 가장 가까이 놓여 있는 「풀」에 대한 관심으로 촉발되었던 것이다.

그러나 이와 같이 사람들의 관심이 「풀」에 집중되고 있는 상황 속에서도 그 시를 집중적으로 검토한 사례는 거의 없었던 듯하다. 물론, 지금까지 「풀」에 대한 논의가 전혀 없었던 것은 아니었다.[4] 하지만 그것들은 "바람, 비, 풀이라는 가장 기초적인 자연현상의 어휘, 눕다, 울다, 일어나다와 같은 기본적인 인간동작을 나타내는 낱말의 배타적 조직"[5]으로 이루어져 있는 그 형태의 관찰에 머무르거나, "움직일 수 없는 풀의 움직임이 움직임의 동력이 되는 바람보다 더 앞선다는 모순율이 모순으로 느껴지지 않게 되는 상태에 이르는 과정을 보여줌으로써, 생의 깊이와 관련된 어떤 감동을 맛보게 한다"[6]는 피상적인 의미론적 추적에 머무르고 있다 하겠다.[7] 따라서 필자는 지금까

3) 유종호, 「시의 자유와 관습의 굴레」, 전집별권, p.237.
4) 그것들은 하나의 논지로 전개된 글의 끝 부분에서 「풀」에 대한 인상적인 논평으로 첨가된 것에 불과한 것들이다.
5) 유종호, 같은 글, 같은 책, p.257.
6) 황동규, 「시의 소리」, 『사랑의 뿌리』(문학과지성사, 1976), p.157.
7) 이러한 두 가지 측면에서의 견해 이외에도 몇 가지 다른 견해가 있긴 하지만 범박하게 보아 이들 두 견해에 수렴될 수 있는 것들이며, 본론이 전개되는 과정에서 다시 언급이 될 것이므로 그들에 대한 언급은 뒤로 미루기로 한다.

지의 피상적이고 인상적인 입장을 지양하여 「풀」에 대한 보다
면밀한 검토를 시도하고자 한다.

2) 연구 방향

「풀」에 대한 기존의 논의는, 한마디로 김수영이 가게 되었을
지도 모를 미지의 시적 공간이 과연 어떤 것이었을까 하는 목
적론적인 관찰의 범주를 벗어나지 못했다고 볼 수 있다. 그러
한 목적론적인 관찰은 흥미 있는 것이긴 하지만, 합리적인 사
실을 외면할 위험성을 내포하고 있다 하겠다.

따라서 본고에서는 「풀」이라는 작품 자체에 시각을 집중시키
고자 한다. 그러나 작품 자체에 시각을 집중한다고 해서 「풀」
을 그 자체만을 위해, 그 자체 안에서, 한 순간도 그것을 떠나
지 않고, 그 자체 이외의 어떤 다른 것에도 그것을 투사하지 않
겠다는 것은 아니다.[8] 만일 하나의 작품을 그러한 의도의 범주
내에서 해석했을 경우, 이루어진 성과라는 것은 작품 자체와
동일한 형태의 반복과 크게 다를 바가 없을 것이다. 필자가 본
고를 통해서 일관되게 의도하는 것은, 「풀」이 시로서 말하는
바를 될 수 있는 대로 면밀하게 검토하자는 것이다.[9]

필자는 「풀」에 대한 실질적인 분석에 있어 통사론적 접근과
의미론적 접근이라는 두 가지의 접근 방식을 통하여 접근하였

---

8) 츠베탕 토도로프, 『구조시학』(곽광수 역, 문학과지성사, 1983), p.14.
9) 클리언드 브룩스, 『잘 빚어진 항아리』(이경수 역, 홍성사, 1983), p.6.

다. 통사론적 접근이라는 조금은 생소한 접근 방식을 택한 이유는 「풀」에 관한 지금까지의 논의들이 작품을 이루고 있는 다양한 계기들에 대하여 지나치게 소홀했다는 반성에서이다. 필자는 통사론적 접근을 통하여 「풀」이라는 하나의 작품을 이루고 있는 부분적 계기들을 면밀하게 검토할 생각이다. 그리고 그러한 통사론적 접근에서 얻어진 여러 가지 정보들을 기초로 하여 「풀」의 전체적인 의미의 맥락을 추적하고자 한다.

2. 본론

1) 통사론적 접근

김수영의 「풀」은 3연 18행으로 구성되어 있다. 3연 18행은 모두 열 개의 문장으로 이루어져 있다. 이를 행과 연에 상관없이 정리해 보면 다음과 같다.

① 풀이 눕는다/
② 비를 몰아오는 동풍에 나부껴/풀은 눕고/드디어 울었다
③ 날이 흐려서 더 울다가/다시 누웠다//
④ 풀이 눕는다/
⑤ 바람보다도 더 빨리 눕는다/
⑥ 바람보다도 더 빨리 울고/바람보다 먼저 일어난다//
⑦ 날이 흐리고 풀이 눕는다/

⑧ 발목까지/발밑까지 눕는다

⑨ 바람보다 늦게 누워도/바람보다 먼저 일어나고/바람보다 늦게 울어도/바람보다 먼저 웃는다/

⑩ 날이 흐리고 풀뿌리가 눕는다

이제 이상의 내용을 기초로 하여 다음의 소항목별로 검토하기로 하자.

(1) 문장의 주어

열 개의 문장에서 하나를 제외한 나머지 문장의 주어는 모두 풀이다. 주어가 다른 문장은 ⑩(3연 18행)이며, 그 주어는 풀뿌리이다. 김현은 이 점에 대해, 그 하나마저 풀에 속할 수 있는 것이라고 하여 그다지 주목하지 않았다.[10] 그러나 필자는「풀」을 이해하는 데 그 점이 중요한 단서가 된다고 생각한다. 시인은 왜 갑자기 다른 주어를 그것도 맨 끝 행에 배치한 것일까? 이 의문에 대해서는「풀」에 대한 접근이 조금 더 진행된 연후에 검토하기로 하고, 여기에서는 다음과 같은 한 가지 사실만을 지적하기로 하자. 일반적인 경우에 있어 풀뿌리는 바람에 움직이지 않는다는 점이다. 물론 몹시 심한 바람일 때에는 그것이 뽑혀지는 경우는 있을 것이다. 하지만「풀」의 화자는 풀

---

10) 김현,「웃음의 체험」, 전집 별권, p.208. 여기에서 김현은 주어가 풀뿌리로 변화되는 사실에 대하여 그다지 관심을 기울이지 않았기 때문에「풀」의 정확한 분석에 실패하고 만다.

과 같은 움직임의 상태로 묘사하고 있다. 즉, '눕는다'라고 표현하고 있다. 이러한 사실을 기초로 해서 우리는 상기한 의문에 대한 해답의 실마리를 찾게 될 것이다.

(2) 문장 형태의 반복과 빈도

열 개의 문장의 주어가 하나를 제외하고는 모두가 풀인 경우에 있어서 하나의 문장 형태의 반복 회수는 하나의 서술어의 반복 회수와 동일할 것이다. 그러면 열 개의 문장을 〈주어＋서술어〉의 형태로 만들어서 정리해 보자.

> 풀이 눕는다(8회), 풀이 운다(4회), 날이 흐리다(3회)
> 풀이 일어난다(2회), 풀이 웃는다(1회), 풀이 나부낀다(1회),
> 풀뿌리가 눕는다(1회)

위의 표에 의하면, 가장 많이 반복되는 문장 형태는 〈풀이 눕는다〉이다. 반복 회수가 8회라면, 3연 18행으로 구성된 「풀」의 전체 행수의 절반이나 다름없다. 다음으로 많이 등장하는 문장 형태는 〈풀이 운다〉이다. 이 형태의 반복 회수는 4회인데 〈풀이 눕는다〉라는 형태에 비하면 반수이지만, 풀의 움직임을 묘사한 것으로서 〈풀이 눕는다〉의 형태를 제외한 다른 형태와 비교하면 배수이거나 더 크다. 이러한 자료에서 우리는 다음과 같은 사항을 생각해 볼 수 있다.

만일, 「풀」에서의 대립 구조를 동사의 움직임에서 찾는다면, 〈풀이 눕는다〉와 〈풀이 운다〉의 형태가 〈풀이 일어난다〉와 〈풀이 웃는다〉의 형태에 비해 훨씬 우세하다는 것을 알 수 있다. 여기에서 다음과 같은 기존의 평가를 반박할 수 있는 자리를 확보하게 된다.

세 부분으로 나뉘어져 있는 이 시에서 시인은 바람에 밀려 쓰러지고 쓰러짐이 슬퍼 운다. 그러나 그 쓰러짐이 곧 좌절로 이어지지는 않는다. 오히려 시인을 쓰러뜨린 세력보다 빨리 울어버리고 더 빨리 일어난다. 그럴 것이 시인을 쓰러뜨린 힘 역시 함께 쓰러지기 때문이다.[11]

김주연은 작품 자체에 근거를 두지 않고, '눕는다', '일어난다', '운다', '웃는다'의 동사에 대한 개인의 주관적인 인상을 과도하게 투사함으로써 「풀」의 올바른 이해에는 미치지 못하고 있다. 김주연의 명백한 오류는 무엇보다 '눕다'와 '울다'의 동사를 '쓰러짐이 슬퍼 운다'라는 식으로 해석한 점에 있다. 그렇게 되면, 시인을 쓰러뜨린 세력보다 빨리 울어 버린다는 사실이 시인에게 어떠한 찬사도 주지 못할 것이다. 물론, 그는 곧이어 '빨리 일어난다'는 점을 강조하고 있긴 하지만, 그것은 앞에서 살펴본 자료의 내용을 이겨낼 수 없다. 〈풀이 일어난다〉와 〈풀이 웃는다〉라는 문장 형태는 그와 대립되는 형태에 비해

---

11) 김주연, 앞의 글, 앞의 책, p.263.

각각 1/4밖에 되지 않기 때문이다. 한 작품에 대한 의미론적 접근에 있어 산술적인 자료에 전적으로 의존할 수는 없는 일이 지만, 어떤 해석학적 입장이 객관적 타당성을 보증받기 위해서 는 그러한 것조차 이겨낼 수 있어야 할 것이다. 그러면, 다시 우리의 입장으로 돌아가서 생각해 보자. 앞에서 검토한 자료에 서 보듯이, 〈풀이 눕는다〉라는 문장 형태가「풀」의 전체 행수의 절반에 가깝다―문장의 측면에서 보자면, 열 개의 문장 가운데 여덟 개나 되고 나머지 두 개 중의 하나도 〈풀뿌리가 눕는다〉이 다―는 사실은 결코 단순하지가 않다. 「풀」의 화자는 분명히 시에서 〈풀이 눕는다〉는 사실을 강조하고 있고, 또 그 사실은 화자의 인식에 있어 〈풀이 눕는다〉는 사실이 중요한 계기가 되 고 있음을 시사하는 것이다. 이 점은 다음과 같은 사실에서도 입증될 수 있다. 앞에서 정리한 문장 형태에 관한 자료를 보다 면밀히 살펴보면, 〈풀이 눕는다〉의 형태는 풀의 움직임을 묘사 한 다른 문장들과 구별되는 차이점을 지니고 있다. 〈풀이 눕는 다〉라는 문장 형태를 제외한 다른 것들은 그 주어가 생략되어 있다. 그리고 주어가 생략되어 있는 문장 형태에서는 서술어 앞에 어떤 수식어가 첨가되어 있다. 이 점은 〈풀이 눕는다〉의 형태에서도 역시 부분적으로는 일치를 보이는데, 이를 정리하 면 다음과 같다.

① 풀이 눕는다
② (풀은) 동풍에 나부낀다
　　풀은 눕는다.

(풀은) 드디어 울었다.

③ (풀은) 더 울었다.

(풀은) 다시 누웠다.

④ 풀이 눕는다.

⑤ (풀은) 바람보다도 더 빨리 눕는다.

⑥ (풀은) 바람보다도 더 빨리 운다.

(풀은) 바람보다 먼저 일어난다.

⑦ 풀이 눕는다.

⑧ (풀은) 발목까지 발밑까지 눕는다.

⑨ (풀은) 바람보다 늦게 눕는다.

(풀은) 바람보다 먼저 일어난다.

(풀은) 바람보다 늦게 운다.

(풀은) 바람보다 먼저 웃는다.

⑩ 풀뿌리가 눕는다.

■ ( )로 표시한 부분은 실제 원문에서는 생략되어 있는 부분이다.

위에서 정리한 바와 같이, '풀이 눕는다'의 형태는 문장에서 주어가 생략된 경우에는 그 밖의 다른 형태와 일치를 보이지만, 주어가 문장에 실제로 등장할 경우에는 독특한 일면을 보이고 있다. 그리고 그것은 각 연의 첫 행에 나타나면서 풀의 움직임의 출발점을 유도하고 있는데, 「풀」의 마지막 행인 3연의 8행에서는 '풀뿌리가 눕는다'로 변주된다. 이러한 모든 증거 자료를 감안하여 볼 때, '풀이 눕는다'라는 문장 형태는 「풀」의 전체적인 구조 속에서 마치 교향곡에서의 주테마와 같은 역할을 한다고 보아야 할 것이다. 따라서 '풀이 눕는다'의 문장 형태를 제외한 다른 것들은 이것의 변주가 아닌가 하는 추측까지도 가능해진다. 물론, 이러한 생각은 단순한 인상적인 차원을 넘어선 자리에서 보다 적극적으로 규명되어야 할 것이다.[12]

「풀」에 대한 다른 측면에서의 검토로 넘어가기 전에 여기에서 한 가지 더 지적해야 할 요소가 있다. 그것은 '날이 흐리다'라는 문장에 관한 것인데, 이 '날이 흐리다'의 문장 형태는 시 속에서 3회 등장한다. '풀이 일어난다'의 형태가 1회, '풀이 웃는다'의 형태가 2회의 빈도를 보임을 감안한다면 3회는 결코 적은 것이 아니다. 그리고 이 '날이 흐리다'의 형태는 각 연에 한 번씩 등장하면서 시 속에서의 공간적 배경으로 중요한 역할을 담당하고 있다. 다시 말해서 「풀」에 묘사된 풀의 모든 움직임은 흐린 날을 배경으로 이루어지고 있는 것이다. 따라서 다음과 같은 기존의 논평은 그 타당성을 잃게 된다.

어쨌거나 바람에 불리는 풀밭은 가령 붉은 저녁놀, 구름 없는 가을 하늘, 만발한 살구꽃, 낮에 나온 반달, 바람에 불리는 청보리밭과 마찬가지로 비근하면서도 언제 보나 인상적인 풍경이다. 보고 싶은 것을 보여 주는 것이 사람의 눈의 조화이다. 이 작품에서 소망스러운 의미를 읽어 내기에 앞서서 중요한 것은 바람에 불리는 풀밭의 시각적인 즐거움 그 눈잔치를 재경험하는 일이다.[13]

---

12) 여기에서는 하나의 가능한 추측으로 머무르기로 하자. 그러나 본고의 뒷부분에서는 의미론적인 접근을 하면서 이 점에 대해 보다 천착하여 검토할 것이다.

　위의 인용된 내용은 그 자체로서는 어느 정도 타당한 일면이 있지만, 냉정한 입장에서 보면 유종호 자신의 표현처럼 ‘인상적’인 것에 불과하다. 일상적인 공간으로서의 ‘풀밭’에서 ‘시각적인 즐거움 그 눈잔치’를 경험한다는 것은 있을 수 있는 일이다. 하지만 그러한 일상적인 공간에서의 체험을 작품이 받아들이지 않을 경우에 있어 그 체험이란 쓸모 없는 것이 되고 말거나 심한 경우에는 작품 이해에 도리어 방해가 되는 것이다. 「풀」이라는 작품 공간 속에서의 풀은 분명히 흐린 날을 배경으로 바람에 불리고 있다. 이 흐린 날이라는 엄연한 배경 묘사를 함부로 지나칠 수는 없는 것이다. 일반적으로 흐린 날은 가볍고 밝은 느낌보다는 무겁고 어두운 느낌을 주는 것이 보통이다. 그런데도 일상적인 공간에서의 풀의 발랄한 움직임만을 착안하여 ‘풀밭의 시각적인 즐거움 그 눈잔치’ 운운한다는 것은 바람직한 비평 태도라고는 볼 수 없다. 「풀」을 제대로 이해하기 위해서는 이 ‘날이 흐리다’라는 구절에 대한 검토가 불가피하다. 「풀」의 전체적인 구조 속에서 이 〈날이 흐리다〉의 문장은 반복되어 등장하는 빈도로 보아 다른 문장 형태보다 우세를 점하고 있는 ‘풀이 눕는다’와 ‘풀이 운다’의 문장 형태와 연결되어 나타난다는 점에서도 주목된다 하겠다. 이 ‘날이 흐리다’라는 문장에 대한 언급은 여기에서는 이 정도로 하고, 이상에서 언급된 내용을 잠깐 정리하고 다음의 항목으로 넘어가기로 하자.[14]

---

13) 유종호, 같은 글, 같은 책, p.257.

필자는 지금까지 「풀」을 해석하는 데 있어 '풀이 눕는다'와 '날이 흐리다'라는 문장이 지니는 중요성을 지적하였다. 물론 이것은 동일한 문장 형태가 반복되어 등장하는 빈도라는 산술적인 수치에 근거한 것이지만, 그 두 문장 형태가 「풀」의 전체적인 구조 속에서 차지하는 역할의 비중 역시 그렇게 단순한 것은 아니었다. 따라서 「풀」을 분석하기 위해서는 이 두 문장에 대한 면밀한 검토가 필요하다고 보겠다.

(3) 문장의 서술어

「풀」에 등장하는 서술어는 모두 7개의 유형으로 나타난다. 이를 기본형으로 바꾸어 정리하면 다음과 같다

> 눕는다(9회), 울다(4회), 일어나다(2회), 웃다(1회),
> 몰아오다(1회), 나부끼다(1회), 흐리다(3회)

■ ( ) 안은 시에서 등장하는 빈도수임.

이상의 7개의 유형에서 '흐리다'를 제외한 나머지는 모두 동사이다. 따라서 「풀」에서는 움직임에 대한 묘사가 그 주를 이루고 있다는 것을 알 수 있다. 그리고 이들 동사를 살펴보면,

---

14) '날이 흐리다'라는 문장에 대한 보다 적극적인 의미 개진은 본 본고의 뒷부분에서 '풀이 눕는다'에 대한 고찰과 함께 시도될 것이다.

'나부끼다'를 제외한 나머지는 모두 능동의 의미를 나타낸다. 그러한 능동의 의미를 나타내는 5개의 동사들 중에서 '몰아오다'만 바람과 관련된 것이고 그 밖의 것들은 모두 풀의 움직임과 관련이 있다. 풀의 움직임과 관련된 것으로서 피동의 의미를 나타내는 것은 '나부끼다' 하나뿐이다. 이러한 분석을 근거로 할 때, 현실적인 공간에서는 바람 없이 움직일 수 없는 풀의 움직임을, 시인은 시 속에서 오히려 능동의 의미를 나타내는 동사들로서 주로 묘사하고 있음을 알게 된다. 그런데 「풀」에 관한 기존의 논평들을 살펴보면, 대부분 '눕다', '울다', '일어나다', '웃다'의 4개의 유형에만 관심을 기울였을 뿐 '몰아오다', '나부끼다', '흐리다'에 대해서는 별반 관심을 두지 않았었다. 한 작품을 면밀히 검토한다는 입장에서는 작품에 제시되어 있는 어떠한 자료에도 소홀히 해서는 안 된다. 따라서 「풀」을 제대로 이해하기 위해서는 '눕다', '울다', '일어나다', '웃다'의 동사들이 작품 자체에서 뜻하는 바가 무엇인가에 관한 철저한 검토와 함께 '몰아오다', '나부끼다', '흐리다'의 동사들에 대해서도 관심이 집중되어야 할 것이다. 앞에서 잠깐 언급한 바 있듯이, 만일 '눕다'와 '울다'를 지금까지의 해석처럼 '바람에 밀려 쓰러지고' 그 '쓰러짐이 슬퍼 운다'라는 식으로 해석한다면, 「풀」의 전체적인 분위기는 풀의 쓰러짐과 울음 쪽으로 경사될 것이다. 따라서 「풀」을 정확히 분석하기 위해서는 특히 이러한 점들에 대한 면밀한 검토가 요구된다 하겠다.

(4) 문장의 부사와 수식 양상

「풀」에 등장하는 수식어는 모두 6개의 유형으로 나타난다. 이를 정리하면,

> 먼저(3회), 더(3회), 빨리(2회), 늦게(2회), 다시(1회), 드디어(1회)

와 같다. 그리고 이들 수식어들은 모두 부사어이다. 이들 중에서 '먼저', '빨리', '늦게'는 '바람'이라는 명사와 풀의 움직임을 묘사하는 서술어 사이에 위치하면서 풀의 동력원인 바람과 풀의 움직임을 비교해 주는 역할을 하고 있다. '더'는 3회 등장하는데, 같은 부사어 '빨리'를 수식하기도 하고 서술어 '눕다'를 수식하기도 한다. 그리고 '다시'와 '드디어'는 서술어 '눕다'만을 수식하고 있다. 그러면, 이들 수식어들의 수식 양상을 시각적인 선명함을 위해 다음과 같이 정리해 보자.

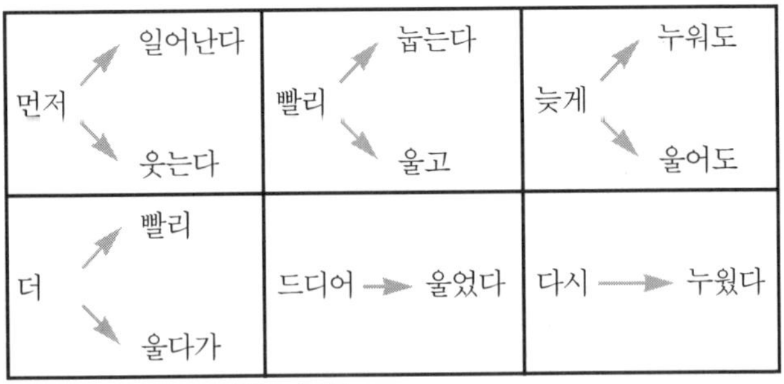

먼저 → 일어난다 / 웃는다	빨리 → 눕는다 / 울고	늦게 → 누워도 / 울어도
더 → 빨리 / 울다가	드디어 → 울었다	다시 → 누웠다

■ 화살표는 수식 방향을 의미함.

정리된 것을 분석하면, 가장 많은 빈도를 보이는 부사어인 '먼저'는 가장 적은 빈도를 보이는 동사 '일어나다'와 '웃다'를 수식하고 가장 적은 빈도 부사어 '늦게'는 가장 많은 빈도의 동사 '눕다'와 '울다'를 수식하며, 등장 빈도에서는 '늦게'와 같으나 '더'에 의하여 강조되는 부사어 '빨리' 역시 '눕다'와 '울다'를 수식하고 있다. 그리고 '더'와 '드디어'는 '울다'를 수식하고, '다시'는 '눕다'를 수식하고 있다. 이상의 분석에서 독립된 낱말의 의미로서는 서로 대립을 보이는 '일어나다'와 '눕다', '울다'와 '웃다'의 동사들이 '먼저', '빨리', '늦게'라는 부사어의 수식을 받으면서 그 대립이 약화된다는 사실이 밝혀진다. 이러한 사실은, 「풀」이라는 작품 속에 내재되어 있는 대립 구조는 동사들의 피상적인 의미 대립과는 다른 형태의 대립으로 구성되어 있음을 시사해 주는 것이다.

2) 의미론적 접근

(1) 기존의 견해에 대한 검토

「풀」에서의 대립 구조에 대한 고찰에 있어서 가장 먼저 제시된 견해는 풀과 바람의 명사적 대립에 관한 것이었다. 즉, 이 시에서 풀은 민중의 상징이며, 비를 몰아오는 동풍은 외세의 상징이라는 것이다. 이러한 인식의 근거는,

바람보다 늦게 누워도

라는 구절에서 암시되어 있는 풀의 빨리 일어남이다. 그러나 이러한 해석은, 작품 자체에 근거한 것이 아니라 민중이라는 선입 개념을 작품에 투사한 것이어서, 여러 면에서 오류를 내포하고 있다. 한 가지만 지적하면, 작품에서는 풀의 일어남보다 오히려 풀의 누움이 훨씬 더 강조되어 있다는 점이다. 특히, 이 시는 맨 끝 행에서 '풀뿌리가 눕는다'로 끝맺고 있다. 이 점을 어떻게 설명할 것인가? 결국 이 시에서 풀의 빨리 일어남에 관한 묘사에만 주목한다면 작품 전체에 대한 이해는 어려워진다. 따라서 시의 한 부분에만 착안하여 풀과 바람을 어떤 상징에 대입시켜 생각하려는 태도는 우선적으로 지양되어야 할 것이다.

다음으로, 이러한 견해에서 일보 전진한 것이 앞에서 검토한 바 있는 김주연의 견해이다. 그러나 김주연 역시 "마지막 작품 「풀」에는 풀이 의인화되어 마치 시의 화자로서 작용한다. 처음부터 끝까지 풀이 나와서 시적 자아를 완성시킨다. 따라서 우리는 풀이 무엇인가를 암시하고 있다고 생각할 수밖에 없는데, 그 가장 자연스러운 것이 시인 자신이다."[15]라고 하여 풀이 상징하는 바에 대하여 골몰하고 있다. 다시 말해서 풀이 상징하는 것이 시인 자신이라는 선입 개념을 가지고 작품 해석을 시도한 것이다. 결국 풀의 상징에 대한 해석만 달랐지 근본적인

---

15) 김주연, 같은 글, 같은 책, p.263.

116

발상은 풀을 민중으로 보는 견해와 크게 다를 바가 없다. 따라서 김주연의 견해도 작품에서는 풀의 일어남보다 풀의 누움이 강조되어 있다는 반론을 이겨낼 수 없게 된다.

이상에서 검토한 바와 같이, 「풀」의 대립 구조를 고찰함에 있어 바람과 풀에 어떤 선입 개념을 투사시켜서는 아무 것도 설명할 수 없다. 풀은 풀 그 자체로 보아야 하고, 바람은 바람 그 자체로 보아야 한다. 이러한 사실에서 출발한 것이 김현의 견해인데, 이를 인용해 보자.

누군가가 지금 풀밭 속에 서 있는 것이다. 그런데 그 시에서 가장 중요한 것은, 그 숨어 있는 누구이다. 서 있는 그는, 마찬가지로 서 있는 풀이 바람에 나부껴 눕고, 뿌리 뽑히지 않으려고 우는 것을 본다(과거). 그때의 울음은 바람소리와 풀의 마찰음이리라. 그 울음을 그는 그러나 웃음으로 파악한다(현재). 뿌리가 뽑히지 않기 위해서 우는 풀은, 사실은, 뿌리가 뽑히지 않았음을 즐거워하며 웃는 풀이다. 그는 이제 날이 흐리고 풀이 누워도, 웃을 수 있다. 「풀」의 비밀은 바로 이 곳에 있다. 그 시의 핵심은, 바람/풀의 명사적 대립이나, 눕는다/일어선다, 운다/웃는다의 동사적 대립에 있는 것이 아니라, 풀의 눕고 울음을 풀의 일어남과 웃음으로 인식하고, 날이 흐리고 풀이 누워도 울지 않을 수 있게 된, 풀밭에 서 있는 사람의 체험이다.[16]

---

16) 김현, 같은 글, 같은 책, p.211.

　부분적인 면에서는 근본적인 오류를 낳음으로써 사실과는 어긋난 점이 있지만, 풀밭에 나와 있는 보이지 않는 사람의 존재에 대한 발견이나 "그 시의 핵심은, 바람/풀의 명사적 대립이나, 눕는다/일어선다, 운다/웃는다의 동사적 대립에 있는 것이 아니라"는 지적은 문제의 핵심을 간파한 명쾌한 분석이 아닐 수 없다. 김현은 풀밭에 서 있는 사람의 존재에 대한 근거를,

　　　발목까지
　　　발밑까지 눕는다

의 구절에서 찾으면서, '누구의 발목, 발밑일까를 생각해 보면 자명해진다'고 설명하였는데, 참으로 자명해진다.[17] 「풀」에 대한 분석은 이와 같이 사소한 단서를 소홀히 하지 않는 가운데 이루어져야 할 것이다. 그러나 김현은 바람에 관한 분석에까지 그의 분석적 치밀함을 유지하지 못했다. 그는 바람의 강도를 정확히 측정하지 못함으로써 "풀이 바람에 나부껴 눕고, 뿌리 뽑히지 않으려고 우는 것을 본다"라고 하는 해석상의 오류를 범한 것이다. 실제 원문의 구절에는 이렇게 묘사되어 있다.

　　　풀이 눕는다
　　　비를 몰아오는 동풍에 나부껴

---

17) 김현, 같은 글, 같은 책, p.211.

풀은 눕고

드디어 울었다

　이상의 인용 구절에서 우리가 주목해야 할 부분은 '동풍에
나부껴'라는 구절이다.「풀」의 정확한 분석에 있어 이 부분은
매우 중요하다. 김현도 이 부분에 주목하긴 했지만 사실과는
거리가 먼 해석을 낳고 말았다. 이 '나부껴'라는 묘사는 이 시
전체로 보아 풀의 움직임에 관한 가장 사실적인 묘사이다. '나
부껴'를 제외한 다른 모든 묘사는 '울다', '웃다', '일어나다',
'눕다'와 같은 비유를 통한 묘사이다. 이러한 사실적인 묘사에
서 우리는 바람의 강도에 관해서 추정할 수 있게 된다. '나부끼
다'라는 동사는 얇고 가벼운 것이 바람에 날린다는 것을 뜻한
다. 따라서 풀의 움직임에 대한 사실적 묘사로서 '나부끼다'라
는 표현은 지극히 정확한 것이다. 그러면 '나부껴'라는 표현을
근거로 생각할 때, 바람의 강도는 어느 정도인가? 풀을 나부끼
게 하는 바람은 결코 거센 것이 아니다. 풀뿌리가 뽑히게 할 정
도의 강풍은 더욱 아닌 것이다. 이제 사실은 분명해진다. 풀밭
에 서서 풀의 움직임을 관찰하고 있는 사람의 존재를 발견했다
는 점에서 김현의 견해는 탁월한 것이었지만, 그 관찰자와 "풀
이 바람에 나부껴 눕고, 뿌리가 뽑히지 않으려고 우는 것을 본
다"는 지적은 명백한 오류인 것이다.

　김현의 견해에 대한 필자의 반론에 대하여 혹자는 다음과 같
은 이차적 반론을 제기할 수도 있다. 즉, 그는, 필자가 앞에서
인용한 바 있는,

의 구절에 묘사된 내용을 지적하면서, 「풀」의 바람은 풀을 관찰자의 '발목까지/발밑까지' 움직이게 할 정도로 거세다는 것을 주장할 수도 있을 것이다. 하지만, 그의 그러한 주장의 이면에는 풀을 마치 무슨 굵고 큰 나무로 생각하려는 태도가 스며 있는 듯하다. 굳이 거센 바람이어야만 풀을 관찰자의 '발목까지/발밑까지' 움직이게 할 수 있을까? 하나의 작은 깃발을 나부끼게 하는 바람 정도면 능히 풀을 관찰자의 발밑까지 움직일 수 있을 것이다. 그리고 화자가 소재를 다루는 태도 면에서 보아도 바람의 강도에 대해서는 '나부껴'라는 표현 이상으로 신경을 쓰지 않고 있다. 화자가 관심을 집중하고 있는 것은 풀의 움직임이며, 그 풀의 움직임을 통한 자신의 인식상의 발견이며 체험인 것이다. 따라서 「풀」에 제시되어 있는 바람의 강도를 풀뿌리가 뽑힐 정도의 강풍으로 판단한다는 것은 잘못된 해석이라 하겠다. 이 점은 곧이어 전개될 관찰자의 체험에 대한 고찰에서 좀더 선명해질 것이다.

그러면 이상의 검토에서 얻어진, 「풀」을 분석함에 있어 매우 유익한 자료들을 다음의 세 가지로 정리하면서 관찰자의 체험에 대한 고찰로 넘어가기로 하자. 첫째, 「풀」의 움직임을 관찰하고 있는 사람의 존재는 「풀」의 분석에 있어 지극히 중요한 단서이다. 둘째, 「풀」의 대립 구조의 핵심은, 바람과 풀의 명사

적 대립이나, '눕는다'와 '일어선다', '운다'와 '웃다'의 동사적
인 대립에 있는 것이 아니라 다른 것에 있다.[18] 셋째, 「풀」에 제
시되어 있는 바람의 강도는 풀뿌리가 뽑힐 정도의 그러한 거센
바람은 아니다.

(2) 관찰자와 체험의 내용

앞부분에서 필자는 '화자'와 '관찰자'라는 용어를 무분별하
게 사용한 감이 있는데, 여기에 대한 설명이 우선돼야 할 것 같
다. 실질적인 의미에서 볼 때, 「풀」에서의 화자와 관찰자는 동
일한 인물이다. 즉, 어떤 한 사람이 '풀밭에 서서 느끼는' 것을
화자가 보고 있는 것이 아니라, 화자 자신이 직접 풀밭에서 풀
의 움직임을 관찰하고 있다.[19] 따라서 이하에서는 화자로 통일
하여 기술하기로 한다.

필자는, 화자에 의해 관찰된 내용이 「풀」을 분석함에 있어 중
요한 단서가 됨을 김현의 견해에 대한 검토에서 이미 언급했
다. 그런데, 일반적으로 관찰에서 얻어지는 것은 어떤 사실의
발견이다. 이 경우에 있어 발견이라는 것을 정신적 쟁취의 의
미로 이해한다면, 그것은 동시에 어떤 체험을 의미하기도 한

---

18) 「풀」의 실질적인 대립 구조가 명사적 대립에 있지 않다는 것은 기존의 견해들을 검
　　토하면서 입증되었다. 또 그 대립이 동사적 대립에 있지 않다는 것은, 필자가 「풀」
　　의 통사론적 접근에서 약간 언급한 바 있는데, 이 점은 뒤에서 보다 분명해질 것이
　　다.
19) 김현, 같은 글, 같은 책, p.211.

다.[20] 한번 발견한 것을 우리는 실제로 소유하게 되기 때문이
다.[21]

　그러면 화자가 풀의 움직임을 통하여 관찰한, 즉 체험한 내
용은 무엇인가? 이 질문은「풀」의 분석에 있어서는 매우 중요
한 것이다. 화자의 체험은 풀의 체험—풀을 의인화하여 생각
한다면—과 동일하며, 그 체험의 내용은 화자의 시적 발화의
동기이자「풀」이라는 작품의 창작 동기이기도 한 것이다. 따라
서 화자에 의해 체험된 사실은 화자의 발언에서 찾아질 수 있
는데, 화자의 최초의 발언은 '풀이 눕는다'이다. 필자는「풀」에
대한 통사론적 접근을 시도하면서, 이 '풀이 눕는다'의 문장 형
태가 그 등장 빈도 면에서 가장 높다는 것을 지적했었다. 이제
이 '풀이 눕는다'라는 발언에 대한 적극적인 의미 개진의 시기
가 온 것 같다. '풀이 눕는다'라는 구절의 중요성은 문장 속에
서의 등장 빈도라는 산술적인 자료에 근거하지 않고서도 충분
히 입증될 수 있다. 그러면「풀」에 대한 전체적인 분석을 통하
여 이러한 사실들을 검토하기로 하자.

　　풀이 눕는다
　　비를 몰아오는 동풍에 나부껴
　　풀은 눕고
　　드디어 울었다

---

20) 이런 점에서 '서서 느낀다' 라는 김현의 지적은 탁월한 것이다.
21) J. 테오발디, 「비의적 서정시의 종언」(김광규 역), 『시의 이해』(민음사, 1983),
　　p.408.

날이 흐려서 더 울다가
다시 누웠다

　‘풀이 눕는다’로 시작해서 ‘다시 누웠다’로 끝맺고 있는 「풀」의 1연은, 「풀」이 하나의 작품으로 의도하고자 하는 거의 모든 것을 담고 있다 해도 과언이 아니다. 「풀」의 전체적인 맥락 속에서 1연이 지니는 중요성은, 2연이나 3연은 필연적인 중복이거나 반복이라는 생각마저 들게 한다. 이미 지적한 대로 시 전체의 첫 행이자 1연의 첫 행은 ‘풀이 눕는다’이다.[22] 그러나 ‘풀이 눕는다’라는 발언은 화자에 의해 최초로 발화된 것이긴 하지만, 그것은 화자에 의해 최초로 관찰된 내용은 아니다. ‘풀이 눕는다’라는 발언은 풀의 움직임을 의인화하여 표현한 것이다. 따라서 화자에 의해 최초로 관찰된 내용은 풀의 움직임인데, 그것은 풀이 비를 몰아오는 동풍에 나부끼는 모습이다. 화자는 풀이 바람에 나부끼는 모습 중의 한 부분을 눕는 것으로 파악한 것이다. 결국 ‘풀이 눕는다’라는 발언은 관찰의 결과로 얻어진 인식상의 체험인 셈이다. 각 연의 첫 행에서 ‘풀이 눕는다’라는 발언이 반복되어 나타나는 이유가 바로 여기에 있다. 스스로 움직일 수 없는 풀이 바람에 나부끼는 모습이 마치 사람의 눕는 모습처럼 보였다는 것, 그것이 이 시에서 화자의 모든 발언을 지배하고 있는 중심 내용인 것이다. 그러면 ‘풀이 눕

---

[22] 이 ‘풀이 눕는다’라는 화자의 발언은 각 연의 첫 행에 반복되어 나타나다가 3연 끝 행에서는 ‘풀뿌리가 눕는다’로 변주된다.

는다'라는 것은 무엇을 의미하는 것일까. 그것은 김주연의 설명처럼 '바람에 밀려 쓰러짐'을 의미하는가?[23] 그러나 「풀」에서의 바람의 강도에 대한 필자의 분석에서 밝혀졌듯이, 「풀」에서의 바람은 그렇게 거센 바람은 아니었다. 그리고 풀이 바람에 밀려 쓰러지는 모습에 대한 묘사로서의 '풀이 눕는다'라는 표현은 적당하지가 않다. 풀뿌리가 뽑히게 할 정도의 거센 바람에 밀려 쓰러지는 모습에 대한 묘사로서의 '풀이 눕는다'라는 표현은 지나치게 정적이다. '풀이 눕는다'라는 표현을 통해 시인이 의도하고자 하는 바는 다른 데 있다고 봐야 한다. 그런데 김주연의 그러한 설명은 위에서 검토했듯이 사실에서 어긋난 것이긴 하지만, 그것은 오히려 그 어긋남 자체로서 「풀」의 해석에 있어서의 중요한 사실을 시사해 준다. 우리는 일반적으로 풀의 움직임을 생각할 때, 김주연의 경우처럼 피동의 움직임으로 파악하는 것이 보통이다. 스스로의 힘으로는 절대로 움직일 수 없는 풀의 생태학적 숙명을 고려할 때, 그것은 어쩌면 당연한 것인지도 모른다. 그러나 바로 이 점이 「풀」을 제대로 해석하는 데 항상 방해가 되는 요인이기도 하다. 화자는 분명히 '풀이 눕는다'고 했다. 시인의 이러한 묘사는 실질적으로 '나부껴'라는 표현만큼이나 사실적이다. 실제로 풀의 움직임은 지극히 단순한 것이다 바람이 36방위의 어떤 방향에서 불어온다 해도 풀의 모든 움직임을 항상 수직 평면상에서의 좌우 운동으로 수렴된다. 따라서 풀을 의인화하여 묘사할 경우 그러한

---

23) 김주연, 같은 글, 같은 책, p.263 .

풀의 움직임에 대한 묘사로서 '눕다'와 '일어나다'의 동사만큼 걸맞은 표현이 없다. 인간동작에 있어 가장 기본적인 행위를 나타내는 '눕다'와 '일어나다'의 동사는 풀의 지극히 단순한 형태의 움직임 그 자체를 의미하는 것이다. 즉, 풀이 다른 그 무엇을 상징하는 것이 아니라 풀 그 자체이듯이, '풀이 눕는다' 의미 역시 그 무엇을 상징하는 것이 아니라 풀의 움직임 그 자체를 나타낸다. 그리고 화자가 강조하고 있는 것은 스스로 움직일 수 없는 풀의 자율적이고 능동적인 움직임이다. 이것이 「풀」을 해석함에 있어 핵심적인 단서인 것이다.

이와 같이 「풀」에서 강조되는 풀의 움직임의 자율성은 풀의 움직임을 묘사하고 있는 동사들에 대한 시인의 의도적인 배치에서도 나타난다. 이미 필자가 통사론적 접근에서 분석한 것처럼 「풀」의 움직임을 묘사하고 있는 5개의 동사는 '나부끼다'만을 제외하고는 모두 능동의 의미를 나타내는 것들이었다. 풀의 전체적인 구조에서 보면, 풀의 움직임에 관한 표현으로서 '나부껴'라는 묘사 이후에 사용된 것들은 모두가 능동의 의미이다.[24] 즉, '나부껴' 이후에 나오는 '울다', '눕다', '일어나다', '웃다'의 동사들은 모두 풀의 자율적인 움직임이라는 하나의

---

24) 혹자는 '나부껴'라는 묘사 이전에 이미 '눕는다'라는 표현이 있음을 들어 이의를 제기할 수도 있을 것이다. 그러나 이 점에 대해서는 앞에서도 충분히 설명했다. 시작(詩作) 이전에 체험이 있는 것이다. 그리고 체험 이전에 관찰이 있는 것이다. 화자의 실질적인 체험은, 풀이 바람에 나부끼는 모습에 대한 관찰의 결과로 얻어진 것이라 봐야 한다. 시인은 그러한 체험을 첫 행에서 강조하고 있는 것이다. 각 연의 첫 행에 '풀이 눕는다'라는 구절이 계속해서 반복되고 있는 것으로도 입증되는 사실이다.

항 안에서의 움직임을 묘사한 것이며, 이들 모두는 '나부끼다' 라는 동사의 피동 의미와 대립된다. 또 이들 능동형의 동사들에 의해 형성되는 풀의 자율적인 움직임은 풀을 움직이게 하는 실질적인 동력원인 바람과 대립하며, 뿐만 아니라 풀은 스스로 움직일 수 없다는 일반적인 인식 즉, 풀의 생태학적 숙명 과 대립한다. 따라서 풀의 자율적인 움직임은 이미 '풀이 눕는다'에서 완성된 것이라 해도 과언이 아니다. 바람과의 대비를 통하여 이루어지는 풀의 자율적인 움직임에 관한 다른 묘사들은 모두 이 '풀이 눕는다' 라는 발견과 체험의 재긍정이며 무한한 반복인 것이다.

이상에서 필자는, '풀이 눕는다'라는 화자의 발언에 대한 분석을 통하여 그것은 풀의 움직임 그 자체에 관한 묘사이며, 시인이 강조하는 것은 풀의 자율적인 움직임이라고 역설했다. 그러나 필자의 그러한 역설에도 불구하고, 시 자체에서 볼 때, 스스로 움직일 수 없는 풀의 움직임에서 자율적인 움직임을 발견한 화자의 어조는 지극히 담담하기만 하다. 화자는 단순히,

> 비를 몰아오는 동풍에 나부껴
> 풀은 눕고

라고만 언급하고 있다. 스스로 움직일 수 없는 풀의 움직임에서 발견한 풀의 자율적인 움직임은 결코 단순한 사실이 아니다. 풀의 입장에서 그것은 자신의 생태학적 숙명을 거부하는 일이기도 한 것이다. 그리고 「풀」의 전체적인 맥락의 흐름에서

볼 때, 풀이 이 시의 시적 자아라고 여겨질 만큼 화자는 풀과 밀접하게 결합돼 있다. 이러한 전후 사정에도 불구하고 지나치게 담담한 화자의 어조는 지금까지의 필자의 모든 분석을 무의미하게 할 정도이다. 그러나 화자는 곧이어 다음과 같이 부연한다.

  드디어 울었다

  풀은 눕고, 즉 생태학적 숙명을 거부하는 자율적인 움직임을 체험하고 그 결과로 울게 된 것이다. '울었다'는 표현에 대하여, 지금까지의 해석처럼 바람에 밀려 쓰러짐이 슬퍼서 운다는 식으로 처리해서는「풀」의 올바른 이해에 도달할 수 없다. 작품 전체가 그러한 해석을 거부하기 때문이다. 앞에서도 분석했지만,「풀」에서의 바람은 결코 거센 바람이 아니었다. 또 '풀이 눕는다'의 의미 역시 '나부껴'라는 피동의 의미와의 대립을 강조하기 위한 것이지 바람에 밀려 쓰러짐을 나타내는 것은 아니었다. 따라서 '드디어 울었다'에서의 울음의 의미를 바람에 밀려 쓰러짐이 슬퍼 운다라고 해석해서는 곤란하다.
  「풀」에서의 울음은 생태학적 숙명을 거부하는 자율적인 움직임의 체험에서 오는 울음인 것이다. 생태학적 숙명 보다 본질적인 측면에서는 존재론적 숙명을 거부할 수 있는 체험의 감동에 대한 표현으로서의 '울었다'라는 묘사는 간결하지만 신중하고 정확하다. 더구나 울음은 웃음을 포함시킬 수 있지만 웃음은 그럴 수 없다. 만일 웃음으로 어떤 극적 감동의 순간을 묘사

하려 한다면, 그것은 한낱 희화적인 표현으로 떨어지고 말게
된다. 이 점은 김수영 자신의 다른 시를 통해서도 입증될 수 있
다. 김수영의 「꽃잎3」이라는 시의 한 부분을 인용해 보자.

> 캄캄한 소식의 실낱같은 완성
> 실낱같은 여름날이여
> 너무 간단해서 어처구니없이 웃는
> 너무 어처구니없이 간단한 진리에 웃는
> 너무 진리가 어처구니없이 간단해서 웃는
> 실낱같은 여름바람의 아우성이여
> 실낱같은 여름풀의 아우성이여
> 너무 쉬운 하얀 풀의 아우성이여

　인용된 부분만 놓고 볼 때에는, 「풀」과 여러 면에서 유사한
일면을 보이고 있는 작품이다. 시 행의 반복에 의한 경쾌한 속
도감에서도 그렇고, 바람과 풀이 시의 소재로 등장한다는 점에
서도 그렇다. 그러나 이러한 비교는 피상적인 관찰에 불과한
것이고, 우리는 여기에서 '간단한 진리'와 '웃는'이라는 부분에
만 주목하기로 하자. 「꽃잎3」이라는 작품도, 명확히 제시되지
는 않았지만 어떤 체험에 관한 시이다. 화자는 그 체험의 내용
을 간단한 진리라고 표현하고 있다. 그러나 그러한 진리에 대
한 체험의 순간은 '웃는'의 반복으로 인해 희화된다. 물론, 이
러한 희화는 시인의 의도적인 배려에 의한 것이라 생각할 수도
있다. 하지만 그럼에도 불구하고 남게 되는 중요한 사실은, 그

러한 희화적인 시적 분위기의 근본 요인은 '웃는'의 반복에 있다는 점이다. 이와 같이 어떤 극적인 체험의 순간을 묘사함에 있어서는 웃음보다 울음이 보다 효과적이다. 「풀」에서의 '드디어 울었다'라는 구절에 함축돼 있는, 존재의 체험에 따른 극적인 감동은 '웃다'라는 동사로서는 표현될 수 없는 일종의 경이감마저 내포돼 있는 것이다.

존재론적 숙명을 넘어선 체험과 그 체험의 극적 감동을 만끽한 시인은 이제 다음과 같이 그러한 극적인 상황의 유지와 체험의 반복이라는 순차적인 과정을 밟아 나간다.

그런데 이 부분에서 '날이 흐려서'라는 돌연한 배경 묘사는 우리를 당황하게 한다. 물론, 이러한 배경 묘사에 대한 근거가 전혀 없는 것은 아니다. 1연 2행에서의 '비를 몰아오는 동풍에'라는 구절에서 암시되듯이 화자의 관찰과 체험이 이루어진 공간의 기상은 비가 오고 있거나 날이 흐리다. 그러나 이러한 사실만으로써는 '날이 흐려서 더 울다가'라는 화자의 발언에 접근할 수 없다. 화자는 날이 흐리다는 배경 묘사와 '더 울다'라는 사실 사이의 긴밀한 연관성을 강조하고 있기 때문이다. 그리고 날이 흐리다라는 배경 묘사는, 이 시에서 '풀이 눕는다'라는 화자의 체험 내용만큼이나 중요한 모티프로 되어 있다. 그럼에도 불구하고 화자는 강조만 했지 그들의 긴밀한 연관성에 대한 정보는 전혀 제시해 주지 않고 있다. 아마도 이 문제에 대한 해결의 열쇠는 이 시에서의 가장 중심적인 모티프인 '풀이 눕는다'라는 문맥에서 찾아야 할 듯하다. 명백한 사실이지만, 풀은 자신 스스로는 움직일 수 없다. 다시 말해서 풀 스스로의 자율적인 움직임은 현실의 일상적인 공간에서는 이루어질 수 없는 현상이다. 이러한 맥락에서 파악할 때, 풀의 자율적인 움직임에 대한 시인의 발견은 그의 의식 속에서 이루어진 일종의 환각이라 할 수 있다. 그러나 그러한 발견은, 그것이 환각이라는 이유 때문에 그 중요성이 상실되거나 무의미해지지는 않는다. 그것은 현실의 실재성의 영역에서는 존재하지 않는 것에 대한 발견이기 때문에 더욱 중요한 것이 된다. 사람은 자신이 발견한 것을 소유하고 싶어한다. 하지만 「풀」의 시인이 발견한, 바람의 타율성에서 해방된 풀의 자율성이라는 환각은 현실의 실질적인 경험세계에서의 현상은 아니다. 그것을 물건처럼 확고부동하게 포착하려 들면 곧 사라지게 된다.[25] 그런데 그러한 체험의 소유와 유지가 가능한 영역이 있다. 예술 작품은 경험세계로부터 벗어나 그와 대립하는 독자적인 본질을 갖는 세계를 마치 어떤 존재자인 듯이 만들어 놓는다.[26] 결국 바람의 타율성에서 해방된 풀의 자율성을 유지시키기 위해서는 바람의 타율성에 의하여 이루어지는 현실의 실제적 공간에서의 풀의 움직임을 거부하고, 풀의 자율성의 영역을 외부 세계

---

25) T.W.아도르노, 『미학이론』(홍승용 역, 문학과지성사, 1984), p.122.
26) T.W.아도르노, 같은 책, p.12.

에 대해 폐쇄시켜야만 하는 것이다. 아마도 이러한 과정을 예술 작품의 형상화 과정이라고 말할 수 있을 것이다. 그러나 현실의 실재적 공간에서는 존립 불가능한 환각으로서의 체험을 유지하고, 그것을 시적 현실로 승화시키기 위해서는 예술의 영역에서만 가능한 특수한 장치와 기법이 요구된다.「풀」의 시인이 택한 특수한 기법은 언어의 반복된 사용에 의한 주술성과 그 주술성을 강화시켜 줄 수 있는 분위기 형성이다.

「풀」에서의 현실적인 강력한 빛이 차단된 흐린 날이라는 배경 묘사에는, 2연과 3연에서 전개될 언어의 반복 사용에 의한 주술성을 강화시키려는 시인의 배려가 내재돼 있는 것이라 보여진다. 따라서 '날이 흐려서'와 '더 울다가'라는 문맥 사이의 합리적인 인과관계를 찾으려는 시도는 무의미하게 된다. 김현의 경우를 예로 들어 보자. 그는 '날이 흐려서'와 '더 울다가'라는 문맥 사이의 합리적인 연관성을 추출하기 위하여 그것을 다음과 같은 심층구조로 변형시켰다.

① 바람이 불면 눕는다/운다.
② 날이 흐리면 바람이 더 불 것 같아 더 운다.[27]

물론 이러한 심층구조로의 변형 이면에는 "풀이 바람에 나부껴 눕고, 뿌리가 뽑히지 않으려고 운다"는 그 나름의 분석적 발상이 내재돼 있다. 김현은 자신의 그러한 분석적 발상을 '날이

---

27) 김현, 같은 글, 같은 책, p.211.

흐려서'와 '더 울다가' 사이에 투사함으로써, 1연의 5행을 ②
와 같은 심층구조로 변형시킨 것이다. 그러나, 그와 같이 변형
시킨 심층구조 자체만 놓고 보아도, '날이 흐리면'과 '바람이
더 불다' 사이에는 어떠한 인과 관계도 성립되지 않는다. 날이
흐리는 것과 바람이 부는 것은 아무런 연관성이 없기 때문이
다. 결국, '날이 흐려서'와 '더 울다가'라는 문맥 사이에 하나의
매개항을 삽입함으로써 그들 양자간의 연관성을 추출하고자
한 김현의 시도는, 그 매개항 자체에 문제가 있기 때문에 무의
미하게 되고 만다.

　1연 5행에서의 '날이 흐려서'와 '더 울다가'라는 문맥 사이의
합리적인 인과관계를 추출하려 했던 김현의 시도를 검토하는
과정에서 그러한 시도는 무의미한 것임이 입증됐다. 시인이,
이 시에서 날이 흐림을 강조하고 있는 근본 의도는 2연과 3연
에서 전개되는 언어의 반복에 의한 주술성을 보완하기 위한 배
려라고 봐야 할 것이다. 해석상의 난점인 1연 5행의 '날이 흐
려서 더 울다가'라는 문맥에 대하여 어떤 산문적인 의미로서의
인과관계를 추출하지 못했다고 해서 우리의 분석이 실패했다
고 생각할 필요는 없을 것이다. 어떤 하나의 시작품에 있어서
그 시의 시행들 모두가 명확한 산문적인 의미로 번역돼야만 한
다고 생각하는 것은 오히려 잘못일 것이다. 실제로 우리는 한
시행이 그 시 전체에서 차지하는 시적 효과로서의 역할을 규명
하는 것으로 만족해야 할 경우가 많은 것이다. 이제 1연에서
는, 끝행의 '다시 누웠다'에서의 '다시'라는 부사의 중요성을
지적하면서 2연과 3연에 대한 검토로 넘어가기로 하자. '다시'

라는 부사에는 풀의 자율적인 움직임 그 자체에 관한 상징의 의미가 내포돼 있다. 그리고 이 '다시'는 '풀이 눕는다'는 이 시의 중심 모티프가 반복해서 전개될 수 있는 근거를 마련해 주게 되는데, 2연과 3연의 모든 시행들은 이 '다시'에 의해 지배를 받는다. 따라서 2연과 3연의 각 시행은,

풀이 (다시) 눕는다
바람보다도 더 빨리 (다시) 눕는다
바람보다도 더 빨리 (다시) 울고
바람보다 먼저 (다시) 일어난다

날이 (다시) 흐리고 풀이 (다시) 눕는다
발목까지 (다시)
발밑까지 (다시) 눕는다
바람보다 늦게 (다시) 누워도
바람보다 먼저 (다시) 일어나고
바람보다 늦게 (다시) 울어도
바람보다 먼저 (다시) 웃는다
날이 (다시) 흐리고 풀뿌리가 눕는다

와 같은 심층구조의 수식 양상으로 나타난다. 2연과 3연의 각 시행들 중에서 '다시'의 영향을 받지 않는 곳은 '풀뿌리가 눕는다'의 한 군데 뿐이다. 풀뿌리라는, 지금까지와는 전혀 다른 주어의 돌발적인 등장이 '다시'라는 부사의 영향력을 거부하는

것이다. 시의 전체적인 맥락에 있어서도 '풀뿌리가 눕는다'라는 부분은 새로운 시적 긴장을 낳게 한다. 이 점에 대해서는 2연과 3연에 대한 전반적인 검토가 끝난 후에 다시 검토하기로 하자.

두 번째 연의 첫 행은 이 시의 전체에 걸쳐 일종의 주문처럼 반복되고 있는 '풀이 눕는다'이다. 그러나 그것은 결코 단순한 반복이 아니다. 풀의 자율적인 움직임의 강조라는 점에서는 첫째 연의 그것보다 의미가 훨씬 강화돼 있다. 왜냐하면 앞에서도 언급한 '다시'라는 부사의 여운에 의해 의미의 보완을 받고 있기 때문이다. 이어서 전개되는 2행에서는, 풀이 바람에 나부끼는 모습에서 우연히 발견된 환각적인 영상에 대한 설명이 직설적으로 토로된다. 그 환각적인 영상이란, 김수영 자신의 「꽃잎1」이라는 시에 묘사돼 있는 것과 같은 움직임의 상태, 즉 풀이

벼를 터는 마당에서 바람도 안 부는데
옥수수잎이 흔들리듯 그렇게 조금

움직이는 모습이다. 그러한 모습을 시인은 '바람보다도 더 빨리'라는 수식 어귀를 통해서 묘사하고 있다. 물론 '바람보다도 더 빨리'라는 수식 어귀에서 시사되듯이 관찰이 이루어지고 있는 현실의 실재적인 상황에서는 바람이 전혀 불지 않는 것은 아니다. 만일 바람이 불지 않았다면 풀은 나부끼지 않았을 것이고, 결과적으로 시인은 풀의 자율적인 움직임이라는 환각적

영상을 포착할 수도 없었을 것이다. 따라서 '바람보다도 더 빨리'라는 말은 첫째 연에서 이미 제시된 시인의 발견의 내용에 대한 설명이기도 하지만, 시인이 그러한 환각적 영상을 유지하기 위한 일종의 자기 최면이다. 시인은 그러한 자기 최면을 통하여 현실의 실재 세계에서는 바람에 의해 움직이는 풀의 모습을 자신의 의식 속에서는 바람도 안 부는데 움직이는 모습으로 전이시킬 수 있게 된다. 그리고 그러한 자기 최면의 강화는 타인 최면으로까지 확장된다. 즉 시인이 포착한 환각적 영상으로서의 풀의 자율적인 움직임은, 시가 진행됨에 따라 있을 수 없는 현상이 아니라 마치 무슨 당연한 일처럼 받아들여지게 되는 것이다.

이러한 의미의 맥락에서 파악할 때, 두 번째 연의 끝 행은 풀의 자율적인 움직임—비록 그것이 환각적인 영상이긴 하지만—에 대한 강조에 있어서는 거의 필연적인 과정이다. 풀이 나부끼는 모습에서 포착한 풀의 자율적인 움직임에 대한 묘사로서 시인이 최초로 사용한 말은 '눕다'라는 동사이다. 그런데 이 '눕다'라는 동사의 낱말 자체의 의미에서 시사되듯이 시인이 최초로 포착한 풀의 움직임은 바람에 밀리는 모습이었다. 시인은 그러한 모습을 풀이 자율적으로 눕는 것처럼 파악했던 것이다. 그러니까 당연히 바람에 밀렸다가 다시 오르는 모습은 풀이 자율적으로 일어나는 것이 된다. 그리고 그것은 풀의 자율적인 움직임에 대한 묘사로서는 훨씬 강화된 표현이다. 둘째 연의 끝 행에서 '바람보다도'의 형태가 '바람보다'로, '더'에 의해 강조되고 있는 '빨리'가 '먼저'로 그 형태 자체는 약화되었음에도 불구하고, 오히려 풀의 자율적인 움직임이 강화돼 나타나는 이유는 바로 이 점에서 연유된 것이다. 이제 둘째 연에서 검토된 이러한 일련의 요점들은 셋째 연에 이르러 보다 강화됨과 동시에 새로운 변화의 계기를 마련하게 된다.

세 번째 연의 첫 행은 '날이 흐리고 풀이 눕는다'이다. 실제로는 대부분의 우리는 여기서 날이 흐리다는 사실과 풀이 눕는다는 사실 사이의 밀접한 연관을 바라게 되겠지만 시인 자신은 그러한 연관에 책임을 지지 않고 있다. 물론 여기에서 책임을 지지 않는다는 말의 의미는, 시인이 그러한 두 사실 사이의 합리적(혹은 과학적)인 인과관계에 대하여 아무런 정보도 제공해 주지 않고 있다는 것이다. 하지만 시인은 적어도 그 효과 면에 있어서만큼은 충분히 책임을 지고 있다. 첫째 연을 검토하는 과정에서 설명된 바 있는 흐린 날이라는 주술적 상황묘사는 이 세 번째 연의 첫 행에 이르러 그 직접적인 힘을 발휘한다. 즉 날이 흐리면 풀은 당연히 스스로의 자율적인 힘으로 움직일 수 있게 되는 것처럼 받아들여지게 되는 것이다. 따라서 이어지는 두 번째 행과 세 번째 행에서, 풀이 관찰자의 발목까지 발 밑까지 스스로 눕는다는 화자의 발언을 아무런 의심 없이 받아들이게 된다. 그런데 이 세 번째 연에서는 보다 세심한 검토를 필요로 하는 대목이 있는데, 그것은 다음의

　　바람보다 늦게 누워도
　　바람보다 먼저 일어나고
　　바람보다 늦게 울어도

바람보다 먼저 웃는다

는 부분이다. 이 대목에서 우리는 시인이 풀의 자율적인 움직임을 '바람보다 먼저'라고 규정해도 놀라지 않지만, 그것에다 '바람보다 늦게'라는 수식 어귀를 적용했다는 점에서는 상당히 당황하게 된다. 두 번째 연에서 시인은 분명히 풀의 자율적인 움직임을 '바람보다도 더 빨리', '바람보다 먼저'라고 규정했었다. 그런데도 시인은 갑자기 세 번째 연에 이르러서, 두 번째 연에서는 '바람보다도 빨리'라는 수식 어귀에 의해 수식된 바 있는 '눕다', '울다'의 동사에 '바람보다 늦게'라는 수식 어귀를 결합시키고 있는 것이다. 게다가 시인은 문맥의 그러한 모순된 배치에 대해 조금도 주저함이 없는 것처럼 보인다.

아마도 우리의 검토의 이 시점에서는 시인이 그의 시를 어떤 극적인 대담성으로의 전환을 택했다고 보는 것이 타당할 것이다. 실제로 '바람보다 늦게 누워도'와 '바람보다 늦게 울어도'의 두 대목에는 이 시에서 본질적인 대립을 이루고 있는 두 가지의 대립 요소들이 교묘하게 얽혀져 있다. 그들 본질적인 대립 요소들이란 사실과 비사실, 즉 현실의 실재적인 경험 세계에서의 타율적인 풀의 움직임과 시인에 의해 포착된 환상으로서의 풀의 자율적인 움직임이다. 그리고 이미 앞에서도 언급했듯이, 시인의 발견에 있어 본질적인 매개 요인인 바람은 그러한 두 가지 대립 요소 사이에 있어서도 중요한 의미를 지닌다.

시인은 바람 때문에 풀의 자율적인 움직임이라는 환각적 영상을 포착할 수 있었다. 하지만 시인은 자신의 그러한 환상을 확고부동하게 소유하려는 순간부터 바람과 대립하게 된다. 이러한 바람의 이중적 의미는 시인의 의식 속에서 하나의 속박으로 작용하게 된다. 즉 바람은 풀의 자율적인 움직임이라는 환상의 포착과 그것의 유지와 소유에 이르는 전 과정에 걸쳐 시인의 의식을 속박하는 일종의 구속력인 것이다. 왜냐하면 시인이 아무리 강력한 수사학적 조직 언어의 반복에 의한 주술성과 그러한 주술성을 강화시켜 주는 흐린 날이라는 메타포 같은 것들을 사용한다고 해도, 풀이 바람에 의해 움직인다는 현실의 경험 세계에서의 사실을 변화시킬 수는 없기 때문이다. 이러한 바람의 구속력에서 완전히 벗어날 수 없는 시인의 환상에는 언제라도 현실에 실재하는 경험 세계에서의 풀의 실질적인 움직임으로 되돌아갈 위험성이 내재돼 있다. 바람의 구속력은 풀의 자율적인 움직임이라는 환상의 유지를 방해할 뿐만 아니라 그 자체마저 위험하기 때문이다. 따라서 바람에 의하지 않고서는 움직일 수 없는 풀의 자율성을 스스로 움직일 수 있는 완전한 자율성으로 전이시키기 위해서 시인은 (혹은 풀은) 바람의 속박으로부터 벗어나야만 한다. 그리고 그것은 풀의 움직임에 대한 새로운 발견, 즉 새로운 인식을 통해서 가능해진다.

그런데 시인 자신은 이러한 일련의 사실들을 모르고 있는 것일까, 아니면 알면서도 일부러 도외시하는 것일까? 바로 이러한 물음에 대해 답을 제시해 주는 부분이 앞에서 우리를 당황하게 만든 그 문제의 대목이다. 그 두 대목을 통해 볼 때, 시인은 그러한 사실들을 우리보다 오히려 분명히 인식하고 있다. 뿐만 아니라 시인은 그러한 불균형적이고 심지어는 명백한 모

순적인 여러 다양한 요소들을 완전히 참작하여 그것들을 새로
운 통일로 몰고 갈 야심적인 시도를 하고 있다. 그러면 이제 그
문제의 두 대목을 검토해 보자. 앞에서도 지적했듯이, 이 시의
전체적인 맥락에서 볼 때 그 두 문맥은 모순된 일면을 보였었
다. 하지만 그것은 결코 모순이 아니다. 시인은 자신이 풀의 움
직임을 '눕다', '울다' 등의 능동의 상태로 규정한다고 해도,
풀의 실질적인 움직임은 '바람보다 늦게', 즉 바람에 의해서
이루어진다는 사실을 알고 있는 것이다. 다시 말해서 시인은,
자신이 포착한 풀의 자율적인 움직임이라는 환상은 현실의 실
재적 경험세계의 풀의 움직임을 전제로 하지 않고서는 이루어
질 수 없는 것이며, 또한 그것은 곧 사그라질 순간적인 광채에
불과한 것임을 분명하게 인식하고 있는 것이다. 그러나 만약
시인이 그러한 사실 인식으로 이 시를 끝맺었더라면, 적어도
우리에게는 「풀」이라는 시가 남지 않았을 것이다.

　'바람보다 늦게 누워도'와 '바람보다 늦게 울어도'라는 시행
에는 그러한 사실에 대한 시인의 인식이 담겨 있을 뿐만 아니
라, 「풀」의 마지막 행을 예비하는 새로운 발견에 대한 확신이
스며 있다. 그 두 행에서 볼 수 있는 접속법의 형태가 그러한
발견에 대한 시인의 태도를 암시한다. 그리고 그러한 확신에
찬 접속법의 형태에 이어지는 행은 각각 '바람보다 먼저 일어
나고'와 '바람보다 먼저 웃는다'이다. 그러면 시인의 자신 있는
태도는 자신이 포착한 환상에 대한 자신감 때문일까? 물론 그
렇지는 않다. 하지만 그 환상을 버릴 필요는 없는 것이다. 실제
로 새로운 발견은 그러한 환상에서 빚어진 것이기 때문이다.

화자는 풀의 자율적인 움직임에 대한 재긍정과 함께 이어서 다음과 같이 진술한다.

날이 흐리고 풀뿌리가 눕는다

'풀이 눕는다'라는 5음절의 도입부로 시작된 이 시는 그 다양한 전개와 변주를 경유하여 드디어 종결부에 이른 것이다. 그리고 이 종결부에 이르러 풀의 자율적인 움직임은 완성되었다. 결코 바람에 의해 움직이지 않기 때문이다. 풀뿌리의 움직임은 현실의 실재적 경험 세계에서의 풀의 움직임과는 교환이 성립되지 않는 것이다. 그 움직임은 스스로의 본질 속에 자율적인 운동성을 내포할 뿐이다. 언제라도 현실에서의 풀의 실질적인 움직임으로 되돌아갈 위험성이 내재돼 있던 환상은 사라지고, 이제 풀의 자율성이라는 초월적인 암호만 남게 된 것이다. 어쩌면 이러한 초월적인 암호로서의 풀의 자율성은 실재 세계에서의 풀의 실질적인 움직임과 공존하는 환상보다 지나치게 확대된 환상일지도 모른다. 하지만 그것은 터무니없고 덧없는 환상이 아니라 현실에 대한 유효한 통찰로서의 환상인 것이다. 스스로 움직일 수 없다는 생태학적 숙명 존재론적 숙명을 초월할 수 있는 힘에 대한 발견은 그것이 비록 환상이라 해도 그것을 실제로 소유할 수 있는 가능성의 꿈을 항상 상기시켜 줄 것이기 때문이다.

3. 결론

　우리는 이제까지 김수영의 마지막 작품인 「풀」을 통사론적 접근과 의미론적 접근이라는 두 가지 접근 방식을 통하여 검토해 보았다. 본고의 전개 과정에서 이루어진 필자의 실질적인 시도들은 그러한 거창한 방법상의 명칭으로 규정하기에는 지나치게 소박한 것이었는지도 모른다. 그러나 시도 자체의 소박함에도 불구하고 본고가 전개되는 과정에서 밝혀진 사실은 그렇게 적지 않았다고 본다.

　본고에서 밝혀진 일차적인 사실은, 「풀」에 대한 검토와 평가를 목적으로 이루어진 기존의 연구들이 작품을 이루고 있는 다양한 요소들에 대하여 지나치게 소홀했다는 것이다. 그들은 작품에서의 다양한 요소들에 대한 검토를 하지 않은 채, 개인의 주관적인 인상을 작품에 과도하게 투사함으로써 여러 가지 해석상의 오류를 범했던 것이다. 그러한 오류들 중에서 가장 크게 문제가 되었던 것은 첫째 연 3행과 4행의 '풀은 눕고/드디어 울었다'에 대한 '바람에 밀려 쓰러짐이 슬퍼 운다'라는 식의 해석이었다. 그러한 해석이 타당한 것이라면 셋째 연 끝 행의 '풀뿌리가 눕는다'라는 문맥은 당연히 '풀뿌리가 뽑힌다'는 의미로 읽혀져야 할 것이다. 본문에서도 강조가 되었지만, 만약 시인이 「풀」에서 의도하는 것이 그러한 내용이었다면 우리에게는 하등의 문제나 하등의 시가 남지 않았을 것이다. 다시 말해서 분명히 우리는 「풀」의 세 번째 연 끝 행의 강도를 누리지 못했을 것이다.

김수영이 「풀」이라는 작품을 통해서 의도했던 것은 존재에 대한 탐색이었다는 것이 필자의 견해이다. 즉 생태학적 숙명을 초월할 수 있는 존재의 힘을 탐색하려는 모험이었던 것이다. 그 모험은 '풀이 눕는다'라는 5음절의 도입부로 시작되었으며, 다양한 전개와 변주를 경유하여 '날이 흐리고 풀뿌리가 눕는다'라는 12음절의 종결부로 끝을 맺었다. 그리고 그러한 모험을 통하여 얻어진 것은 스스로의 본질 속에 내포돼 있는 존재의 자율적인 운동성에 관한 발견이었다.

어쩌면 그러한 발견은 우리의 세계를 지배하고 있는 과학적 합리주의의 관점에서는 지나치게 비현실적인 것일지도 모른다. 그러나 그 발견이 비현실적인 것이라고 해서, 단순히 그 이유만으로 해서, 그 발견 자체가 무의미한 것이거나 가치 없는 것은 아닐 것이다. 본론에서도 언급됐지만 발견이라는 것을 정신적 쟁취의 의미로 이해한다면 그것은 동시에 어떤 체험을 의미하기 때문이다. 또한 한번 발견한 것을 우리는 실제로 소유하게 되기 때문이다. 따라서 풀이 바람에 나부끼는 모습에서 포착한, 스스로의 본질 속에 내재돼 있는 자율적인 운동성에 대한 시인의 발견은 지금 당장에는 그것의 소유가 불가능한 것일지라도, 그것은 미래의 소유에 대한 '꿈'을 상기시켜 줄 것이다.

# 제3부

해석의 변주 「풀」 연구 자료

해석의 변주

「풀」 연구 자료

금동철, 「'풀'의 미학, 그 허무주의」, 『시와시학』 1999년 가을호 / 『서정시학』 2000년 봄호, pp.191~198.

「풀」은 그 동안 여러 연구자들에 의해 훌륭한 작품으로 인정되어 왔다. 특히 참여시론과의 관련 속에서 민중성을 드러낸 작품으로 인정되어 일반인들까지 그대로 인식하게 되었던 것이다. 그런데 이러한 작품에 대한 이해의 저변에는 앞에서도 지적한 바와 같이 그의 참여시론이 강하게 영향을 미치고 있는 것이 사실이다. 문제는 그의 이 작품을 면밀하게 분석할 때 시련과 좌절을 극복하고 일어서는 민중의 힘을 명확하게 설명하기 힘들다는 점이다. 만약 풀을 민중으로 본다면, 마지막 행의 눕는 행위는 민중의 역동적인 생명력을 포기하는 모습으로 보여 자가당착이 되어버린다. 그러므로 이는 '풀이 눕는다'는 첫 행에서부터 다시 '풀뿌리가 눕는다'는 마지막 행에 이르기까지 일어나는 일련의 풀의 행위들과 그것이 기반으로 삼고 있는 세계관에 대한 보다 심층적인 해석이 필요하다.

이 시에서 우선 해명해 두어야 할 것 중의 하나가 리듬의식이다. 반복에 의해 형성되는 리듬은 시의 의미를 형성하는 데 일정 부분 관련을 지니고 있음이 사실이다. 일상 생활에서 흔히 사실을 강조하기 위해서 같은 말을 되풀이하거나 마음의 긴장상태나 충동을 압축적으로 표현하고, 상대방을 설득하고자 하는 의도에서 반복법을 사용하기도 한다. 시에서도 이와 비슷하지만 일상 언어의 반복보다 훨씬 의도적이라는 점이 다르다. 그런데 여기서 주목할 것은 반복을 통한 리듬의 형성이 완전히 새로운 의미를 창출하지는 않는다는 점이다. 정서를 환기시키거나 내용의 강조, 혹은 어조의 형성 등에 그 목적이 있는 것이다. 그렇다면 이것은 기표의 차원에서 일어나는 것임을 분명히 알 수 있다.

리듬은 본질적으로 소리의 반복이라는 사실을 다시 한 번 상기해야 할 필요가 있다. 소리의 반복이란 다시 말하면 리듬이 기표의 차원에서 일어나는 현상임을 말해주는 것이며, 언어의 물질성에 기대고 있다는 말이 된다. 이러한 반복은 곧 시에서 소리(기표)가 지배소가 되는 대신에 의미(기의)가 종속요인임을 시사한다. 이러한 소리의 반복이 언어의 물질성과 관련되어 있다는 점은 종교적인 주술의 경우를 생각해 보면 더욱 분명해진다. 진언이나 주문은 그 의미가 문제가 되는 것이 아니다. 의미가 어떠한지를 크게 문제삼지 않는다는 말이다. 하나의 주문이 정해지면 그것을 끊임없이 반복함으로써 목적한 바를 이루고

자 하는 것이 종교의 주술이다. 주술은 언어적인 소리, 즉 기표가 그것이 지시하는 의미와 상관없이 어떤 힘이 있다고 믿는 믿음 위에 근거한 언어행위이다.

김수영의 시에는 이러한 리듬의 문제가 특히 중요한 요소로 작용한다. 초기시에서 후기시까지 그의 시작활동 전체를 통해 볼 때, 그는 리듬을 매우 중요한 작시 원리로 사용하고 있음을 볼 수 있다. 특히 그는 이 반복에 의한 리듬을 거의 주술적인 주문에 가깝게 사용하는 모습을 보이기도 한다. 「눈」에서 나타나는 반복이라든지 「꽃잎」이나 「절망」과 같은 작품 속에 나타나는 반복에 의한 리듬의 형성이 이와 비슷한 양상을 보인다. 그의 시는 일반적으로 산문적인 특징이 강하지만, 동일한 구절이나 행을 반복함으로써 리듬을 형성하는 것이다.

그의 시에 나타나는 리듬은 주로 구절의 반복을 통해 이루어진다. 행의 한 부분을 계속 반복함으로써 듣는 사람으로 하여금 그 구절에 사로잡히도록 만드는 것이다. 이러한 구절이나 단어, 구조의 반복을 통해 김수영은 자신의 시를 거의 주술적 상태로까지 밀고 나간다. 반복을 통해 주술성을 지니게 함으로써 자신이 전달하고자 하는 바를 더욱 강렬하게 전달할 수 있기 때문이다. 이러한 반복은 후기시로 갈수록 더욱 빈번하게 나타난다. 이것은 어떤 의미에서 그의 시가 후기시로 가면서 산문적인 서술을 더욱 빈번하게 사용하는 것과 관련이 있을 것이다. 산문성을 강하게 지니면 지닐수록 리듬의 확보는 더욱 필요해지기 때문이다.

「풀」에 나타나는 반복 또한 이와 비슷한 역할을 수행한다. 이 시에서 나타나는 반복적 리듬은 '눕고/울고/일어난다'의 반복을 통해 형성되는 리듬이다. 또한 이와 함께 두운의 효과까지 함께 사용하고 있는 것을 볼 수 있다. 특히 3연의 첫음절 모음에 모두 '아'음을 사용함으로써 이러한 두운 효과를 강하게 드러내는 것이다. 이러한 반복을 통해 이 시는 주술에 가까운 형태로 독자에게 작용하고 있는 것이다. 김수영 시의 산문성은 여러 차례 지적되어 왔다. 그의 시에 나타나는 긴 호흡의 문장과, 압축적이기보다 서술적으로 사용되는 행을 생각해본다면 이러한 지적이 정당함을 알 수 있다. 시인은 이러한 시에 나타난 산문성을 리듬의식을 통해 극복해 보려는 것임을 알 수 있다.

이러한 기호의 반복을 통한 리듬의 확보는 기호의 관점에서 본다면 기호와 지시대상 사이의 관계를 단절시키는 효과를 가져온다. 언어가 주술성을 지니게 될 때 개별 기호로서의 언어는 의미(혹은 지시대상)와의 관계에서 고려되는 것이 아니라 기표의 차원에서만 다루어지기 때문이다. 이러한 관점의 극한에는 기호와 지시대상 사이의 관계를 거부하는 탈근대적 기호관이 자리잡게 되고, 기호에서 의미를 부정하고자 하는 의식 즉 허무주의와 만나게 되는 것이다.

이 시에서 나타나는 의미의 문제를 고려해 보아도 허무주의적인 세계관이 드러난다. 일반적으로 풀을 '민중'을 상징하고, '일어서는' 행위를 고난과 시련을 극복하는 역동적인 민중의 힘으로 해석하고 있는데, 이렇게 볼 때 '비를 몰아오는 동풍' 즉 '바람'은 그러한 민중의 힘을 억압하고 압제하는 존재가 될 수밖에 없다. 그런데 이렇게 해석할 경우 일반적인 해석에서처럼 고난과 시련을 극복하고 새로운 시대를 개척하는 민중적인 힘을 찾기가 쉽지 않다는 문제가 나타난다. 풀이 '눕는다'는 행위는 항복의 선언이며, 불어오는 바람에 자신의 존재가치를 포기해버리는 모습이라고 할 수 있다. 그런데 풀은 2연에서 바람이 불어오기도 전에 '더 빨리' 눕고 울어버리는 나약한 면을 보인다. 고난과 시련이 다가오기도 전에 그것이 두려워 일찌감치 눕고 울어버리는 존재에게 그러한 고난과 시련을 뚫고 일어서는 힘과 저력을 발견하기는 쉽지 않을 것이다.

마지막 행에 나타나는 문제는 더욱 심각하다. '날이 흐리고 풀뿌리가 눕는다'는 마지막 행은 민중적 힘의 근원이나 근본까지 포기하는 모습으로 나타나는 것이다. '눕는다'는 행위가 항복이나 포기를 의미하며, '풀뿌리'가 민중적 근원이나 근본을 상징한다면 이와 같은 결론은 당연하게 도출되는 것이다. 이 마지막 행은 시의 첫 행에서 나타나는 '풀이 눕는다'는 선언에서 한 단계 발전하여 '풀뿌리'까지 눕는 것으로 나타난다. 일반적으로 '뿌리'는 존재의 근원을 상징적으로 드러내는 이미지로 사용된다. 그렇다면 이 시는 날이 흐리고 바람이 불어올 조짐을 보이자 풀뿌리가 먼저 누워버리는 나약하고 연약한 면모를 보여주는 것이다.

여기에 김수영 특유의 허무주의가 나타난다. 이 시에서 풀은 주체의 모습이라고 보아도 무리가 없을 것이다. 만약 이 시에서 나타나는 주체를 민중적 주체라고 인정한다고 하더라도 '풀뿌리'까지 눕는 행위에서 허무주의적 세계관을 읽을 수밖에 없을 것이다. 이 시에서 주체는 분명히 눕는 행위 자체를 즐거워하지 않는다. '더 빨리', '더 먼저'와 같은 표현에서 주체의 자유로운 의지를 읽을 수 있다면, 3연을 고려해 볼 때 풀이 하고 싶은 행위는 '일어나고', '웃는' 행위일 것이다. 이는 곧 시련과 고통을 극복하고자 하는 의지의 모습이라고 할 수도 있다. 그러나 이러한 그의 의지는 마지막 행에서 무참하게 꺾여버린다. 풀뿌리까지 누워버림으로써 자신의 근원까지 포기하게 되는 것이다. 이는 결국 허무주의로 귀결될 수밖에 없다.

〔…중략…〕

이처럼 김수영이 지닌 세계가 허무주의적인 특징을 지니고 있다면 「풀」의 세계관 또한 허무주의와 무관하다고 할 수 없을 것이다. 주술성의 차원으로까지 밀고 나간 반복의 리듬이나 '풀'의 이미지가 지닌 이와 같은 허무주의적 속성은 이 시를 참여시론적인 입장에서 읽는 것을 거부하게 만든다. 오히려 일상적이고 파편화된 주체에 의해 파악된 허무주의적 삶의 한 단면을 '풀'이라는 이미지를 통해 그리고 있는 시에 불과할 뿐이다.

> 김경숙, 「실손석 이성의 한계인식 혹은 극복의시」, 황정산 편, 「김수영」(새미, 2002), pp.165~170.

위의 시에는 두 가지 법칙이 작용하고 있다. 하나는 풀과 바람이 상호작용하면서 드러내는 오묘한 존재의 법칙이고, 다른 하나는 그것을 관찰하는 화자의 인식론이다.

발목, 발밑 등의 단어에 의해서 드러나는 화자의 위치나 '―ㄴ다'라는 현재 진행형의 서술어법을 통해서 알 수 있듯이, 이 시의 화자는 여기와 오늘이라는 구체적인 시·공간 속에서 자연 현상을 관찰하고 있다. 자연 현상은 논리나 인식에 의해서 완전히 파악되는 대상이기에 앞서 하나의 생리이다. 풀과 바람이 함께 어우러져 흔들리는 자연 현상 자체에는 어떠한 의미도 가치도 내재해 있지 않다. 그러나 관찰자로서의 화자는 이 자연 현상 속에서 하나의 인과율과 질서를 발견해 내고 있다. 즉, 위의 시가 보여주는 풀과 바람의 일정한 운동은 화자의 시각에 의해 재구성된 세계인 것이다.

인과율과 질서는 객관적인 사실을 있는 그대로 표현하는 것이 아니다. 그것은 차라리 인간이 지닌 정신적 경향에서 생겨나는 것이다. 인간의 정신적 경향은 다양한 외적 사실과 내적 사실 사이에서 합리적인 관계를 찾고자 한다. 따라서 자연이나 인간적 삶의 질서를 설명하려고 할 때, 인간은 그것의 객관적인 성질을 찾아 구하거나 발견하는 것 대신에 자기 자신을 만나는 것이다(카알 G. 융 편, 『존재와 상징』, 설영환 역, 동천사, 1983, 297쪽).

이 시에서 관찰되고 있는 풀과 바람의 운동은 결코 대립 관계에 있지 않다. '―보다'라는 비교급 조사는 언제나 두 사물의 유사성을 전제로 기능하는 것이다. 풀은 바람이 누울 때 눕고, 바람이 일어날 때 일어난다.

1연에서, 눕다와 울다라는 풀의 운동은 시간의 순차성과 인과율에 따라 설명되고 있다. "동풍에 나부껴"와 "날이 흐려서"가 각 운동의 원인으로 제시되고 있다면, '—고, 드디어, 더, —다가, 다시' 등의 어미나 부사는 시간의 순차성을 표시해 준다. 한편, 눕다와 울다는 풀의 외부 운동과 내부 운동으로 대립을 이루는데, 눕다가 육체 행위라면 울다는 그에 대한 정서 반응이다.

근대 이성은 개인의 내적 속성을 이성과 감정의 대립으로 파악하고, 감정에 대하여 통제를 시도한다. 감정은 인간 내부에 있는 자연으로서, 비합리적이고 혼란스러운 존재이기 때문이다. 질서를 추구하는 근대 이성에게 기존의 질서와 권위를 위협하는 존재인 감정은 억압되고 정복되어야 할 대상인 것이다.

그러나 위의 시에서 울다라는 정서는 이중의 의미 맥락을 가지고 있다. "풀은 눕고/드디어 울었다"와 "더 울다가/다시 누웠다"라는 두 문맥에서 울다의 의미는 매우 다르게 작용한다. 전자에서 눕다는 일어나다와 의미상 대립되는 것으로서 절망의 상태를 표현한다. 따라서 울다는 그로 인한 슬픔의 정조를 나타낸다. 반면에 후자에서 눕다는 울다 자체와 의미상 대립을 이루며, 이때 울다는 눕다라는 절망적 상태에 대한 저항의 의지를 담고 있다. 따라서 이 의지의 좌절은 마지막에 제시되는 눕다의 절망감을 심화시킨다. 이와 같이 울다라는 행위는 수동적인 정서 반응에 불과한 것이 아니라, 상황에 변화를 꾀하는 적극적인 감정 표출이기도 한 것이다.

1연에서는 실패로 돌아갔던 울음의 역동성이 2연에 오면 '눕다→(울다)→일어나다'로 풀의 상태를 전환시키고 있다. 눕다

또는 일어나다와 연관되는 울음의 양가적 의미를 화자는 통사
구조의 배열을 통하여 다음과 같이 드러내고 있다.

　① 바람보다도 더 빨리 눕는다
　② 바람보다도 더 빨리 울고
　③ 바람보다 먼저 일어난다

　①과 ②가 구문의 구조상 동일 형태를 이룸으로써 '눕다→
(울다)'를 연관시킨다면, ②와 ③은 '울고'라는 연결어미를 통해
하나의 문장을 형성함으로써 '(울다)→일어나다'를 연관시킨
다.

　또한 3연에서는, 울음의 역동성이 '누워도' '울어도'에서 반
작용의 의미를 나타내는 어미 '―도' 속으로 응축되고, 이에 따
라 풀의 운동은 '눕다→일어나다'로 곧바로 전환한다. 그리고
'울다→웃다'로의 변화가 여기에 의미상 대구를 이루면서, 운
동의 반복성을 창출하고 있다. 특히, 이 반복운동은 아래의
①―④와 같이 복문 형태인 하나의 문장 내에서 발생하고 있
어, 풀의 운동에 한층 더 속도감을 부여한다.

　① 바람보다 늦게 누워도
　② 바람보다 먼저 일어나고
　③ 바람보다 늦게 울어도
　④ 바람보다 먼저 웃는다

지금까지 울음의 행위를 통하여 살펴본 바와 같이, 감정은 인식하기에 따라서는 인간을 속박하는 굴레가 되기도 하지만, 반대로 인간을 살아있게 하는 힘의 원천이 되기도 하는 것이다.

다른 한편, 화자는 풀과 바람의 불규칙한 운동 속에서 일정한 질서를 찾아내고 있다. 이 질서 체계는 '늦게'와 '먼저'라는 부사의 대립을 통하여 보다 선명하게 감지될 수 있다.

2연에서 풀은 바라보다 더 빨리 눕고, 더 빨리 울고, 먼저 일어난다. 이때, '더 빨리→더 빨리→먼저'라는 시간 부사의 순차성은 하나의 질서를 낳고, 그 질서가 주는 예측가능성은 인간의 정신에 믿음과 희망을 부여한다.

그런데 풀과 바람이 무질서하게 흔들리는 동일한 자연현상을 관찰하면서도, 2연에서 화자가 찾아낸 계기적 질서가 3연에서는 훨씬 역동적인 질서 체계로 발전하고 있다. 3연에서 풀은 바람보다 늦게 누워도 먼저 일어나고, 늦게 울어도 먼저 웃는다. 이때, '늦게→먼저/늦게→먼저'라는 탈순차성을 또 하나의 독자적인 질서 체계를 구축해 내고 있다.

필자는 다음에서 이 탈순차성이 지시하는 현상과 의미를 좀더 뚜렷하게 파악할 수 있도록, 바람의 운동을 중심으로 서술되는 이면 텍스트를 함께 고찰해 볼 것이다(김수영의 시「풀」은 풀과 바람의 상관적 운동을 형상화한 것임에도 불구하고 텍스트상에는 풀의 운동을 중심으로 서술되고 있다. 그러나 우리는 바람의 운동을 중심으로 서술되는, 이 시의 이면 텍스트를 재구성해 낼 수 있다).

아래의 도표는 시의 2연과 3연을 비교할 경우 늦게와 먼저

사이에 내재하는 상대적인 속도를 측정하기 위하여, 이 부사들
이 지시하는 순서를 풀과 바람이 누웠다가 일어나는 과정으로
표현해 본 것이다.

	눕다 ⟶ 일어나다			
2연	풀	바람 ①	풀	바람 ②
3연	바람	풀 ③	풀	바람 ④

 2연에서, 풀이 누웠다가 일어나는 속도는 ①과 같이 2단계의
간격을 보인다. 그리고 풀보다 더 나중에 눕고, 더 나중에 울
고, 늦게 일어나는 바람은 시간 부사가 '더 나중에→더 나중에
→늦게'로 순차성을 보이면서, 속도 또한 ②와 같이 원텍스트
와 동일한 2단계의 간격을 유지하고 있다.
 이와 달리 3연에서, 풀이 누웠다가 일어나는 속도는 ③과 같
이 1단계로 간격이 단축되고 있다. 그리고 '풀보다 먼저 누워
도 늦게 일어나고, 먼저 울어도 늦게 웃는' 바람은 '먼저→늦
게/먼저→늦게'로 시간 부사가 탈순차성을 보이면서, 속도는
④와 같이 3단계의 간격으로 2연보다 훨씬 길어지고 있다.
 순차성과 탈순차성이 상보적인 쌍을 이룰 때, 탈순차성은 순
차성보다 속도가 더 빨라질 수도 있지만, 반대로 더 늦어질 수
도 있는 양면성을 갖는다. 이 시의 화자가 풀과 바람의 상관적

운동 속에서 굳이 풀의 운동성에 주목하여 사유하고 있는 이유가 바로 이 점에서 해명될 수 있다. 시간 부사의 탈순차성을 통해 전달되는 풀의 역동성은 속도감을 낳고, 이 속도감은 독자로 하여금 강인한 생명력을 느끼게 한다.

누운 것만이 다시 일어설 수 있고, 우는 것만이 다시 웃을 수 있다. 풀은 존재의 상징이고, 눕다와 울다는 그 존재가 직면한 실존적 한계 상황을 나타낸다. 그리고 한계 상황에 던져진 존재만인 실존에 대한 자각과 의지를 가질 수 있다. '풀이 눕는다 →발목까지(눕는다)→발밑까지 눕는다→풀뿌리가 눕는다'와 같이, 점점 깊어지는 풀의 흔들림은 역설적이게도 바로 그만큼의 반동적인 힘을 잉태한다. 화자는 시 전편에 걸쳐 표면적으로는 '풀이 눕는다'를 반복하고 있지만, 본질적으로는 언제나 먼저 일어나는 풀의 형상을 그려내고 있는 것이다. 아마도 그와 같은 풀의 형상을 매개로 하여 화자는 우리 모두를 향하여 실존적 물음을 던지고 있는 것인지도 모르겠다.

김기중, 「윤리적 삶의 밀도와 시의 밀도」, 김승희 편, 『김수영 다시 읽기』(프레스21, 2000), pp.213~216.

얼핏 보기에 이 시는 '바람/풀' '눕는다/일어선다' '먼저/늦게' '운다/웃는다'와 같은 대립적 의미를 갖는 요소들의 이항 대립에 의해 그 의미론적 긴장을 얻고 있는 듯이 보인다. 실상 이 같은 이항 대립의 의미 구조들은 대체로 2음보의 율격을 갖는 리듬의 내적 구조와 맞물리면서 단순하고 선명한 풍경 구조를 형상화하며 역동적 운동감을 감각화하고 있는 것이 사실이다.

그러나 보다 자세히 살펴보면 「풀」의 심층적 의미망이 단지 그 같은 바람과 풀의 표면적인 대립이나 갈등에 의해서이기보다는 첫 행의 "풀이 눕는다"의 표현에서 마지막 행의 "풀뿌리가 눕는다"라는 표현에 이르는 의미론적 전화 과정에 의해 형성되어 있음을 알 수 있다. 땅속에 있는 풀뿌리는 그것이 설사 뽑히기는 할지언정 누울 수는 없는 일이다. 그럼에도 시적 전개의 과정 속에서 가냘프게 동풍에 나부끼던 연약한 풀잎은 어느새 세차게 부는 바람에도 뽑히지 않는 강인한 생명력을 지닌 풀뿌리의 모습으로 바뀌어 있고 그것이 또한 자연스럽게 여겨지는 것이다.

이와 같이 풀의 이미지가 가냘픈 풀잎에서부터 억센 풀뿌리에로 자연스럽게 전화될 수 있었던 것은 이 시의 근본 구조가 '드러남/숨김'의 이항 대립을 바탕 삼고 있으며 또한 그것이 2연과 3연을 통해 의미론적 밀도를 높여갔기 때문이다. 그러면 이 시에서의 '드러남'이란 무엇인가. 그것은 이 시의 첫 행과 끝 행 그리고 매연의 첫 행마다 나타나는 "풀이 눕는다"의 현상이다. '눕는 풀'의 체험은 현상의 표면, 시적 구조의 표면을 이룬다. '숨김'이란 그 같은 현상적 체험의 이면에 있는 본질적 체험이다. 그것은 바람보다 먼저 눕고 먼저 일어나기도 하며 늦게 누워도 먼저 일어나고 먼저 웃는 풀이다. 바람에 의해 종속되지 않는 이 같은 풀의 자유야말로 풀의 본질적 체험이 갖는 핵심이며 이 시가 갖는 힘의 근원이 된다.

그런데 여기서 주목되는 것은 시인이 풀의 본질적 힘에 대해 "먼저 웃는다"의 표현이 가리키듯 궁극적인 낙관을 지니고 있으며 "먼저 일어난다"의 되풀이에서 보이듯이 깊은 신뢰를 보이고 있다는 사실이다. 그러면 시인은 풀의 어떠한 측면을 근거로 그에 대한 신뢰와 낙관을 갖는가. 우리는 그것이 "풀뿌리"가 갖는 강인한 생명력 때문임을 짐작할 수 있다. 바람에 눕고 울어도 뽑히지 않는 풀뿌리의 착근력과 강인한 생명력이 풀잎의 현상적인 가냘픔에도 불구하고 그에 대한 신뢰와 낙관을 지니는 근거가 되는 것이다.

그런데 풀뿌리(grass-roots)는 기층 민중의 함의를 짙게 가진다. 그렇다면 풀뿌리의 생명력을 신뢰한다는 것은 결국 기층 민중의 생명력과 그것이 갖는 자유에의 의지를 신뢰하고 애정을 갖는다는 뜻이 된다. 결국 이 작품의 내면 공간에서 풀이 갖는 숨겨진 본질의 의미는 억압의 현상 밑에서도 끝내 살아 움직이는 민중의 생명력이며 자유에의 의지이다.

그러나 그렇다고 해도 문제는 남는다. 「풀」의 내적 체험으로서의 풀의 자유가 설사 사회적 맥락에서는 진실로 받아들여질 수 있다고 하더라도 체험적 사실로서는 받아들여지기 어려운 것이 아닌가. 그렇다면 바람보다 더 빨리 눕고 바람보다 먼저 일어나는 풀이란 선험적인 관념이 억지로 주입된 부조리한 이미지며 그에 따라 「풀」의 의미 공간은 관념과 체험의 진실성 사이에서 날카롭게 균열되어 있는 것은 아닌가 하는 문제이다. 바로 이러한 문제는 「풀」의 작품 이해에 있어서 핵심을 이루는 관건이 될 것이다. 그러나 좀더 자세히 작품을 따져 읽어보면 이 같은 의문은 해결의 실마리를 찾을 수 있다.

문면에 드러나 있지는 않지만 우리는 "비를 몰아오는 동풍"이라는 어사에서 「풀」의 시간적 배경을 늦여름이나 이른 가을로 어림잡을 수 있다. 늦여름은 풀이 가장 무성한 계절이다. 그리고 이 시의 공간적 배경은 주위에 나무도 인가도 없이 넓게 펼쳐진 들판임을 짐작할 수 있다. 이 시의 시적 대상으로 등장하는 것이 바람과 풀 그리고 "발목까지/발밑까지" 눕는 풀들 속에 화자뿐이라는 점에서 그러하다. 풀이 무성한 넓은 들판은 화자의 시선이 닿는 데까지 멀리 펼쳐져 있고 "풀은 눕고/드디어 울었다"의 표현이 나타내는 것처럼 바람은 때로는 약하게 때로는 세차게 분다.

여기서 화자는 가까이 있는 풀뿐만 아니라 들판 저 편의 멀리 있는 풀들도 바라본다. 가까이 있는 풀들은 바람이 불면 눕고 바람이 지나갔을 때 일어나지만 멀리 보이는 풀들은 그렇지 않다. 시적 화자가 촉감과 소리로 바람을 느낄 때쯤이면 이미 바람이 지나온 저편의 풀들은 일어난다. 바람보다 더 빨리 눕고 먼저 일어나는 것이다. 마찬가지로 바람이 진행하는 방향의 멀리 보이는 풀들은 바람보다 늦게 눕는 것처럼 보인다. 이와 같이 바람보다 더 빨리 눕고 바람보다 먼저 일어나는 풀의 이미지는 단지 선험적 관념이 감각적인 이미지의 옷을 억지로 입은 것이 아니라 체험의 구체성과 이념적 진실이 절묘하게 결합된 통합 심상이라고 할 수 있다.

김인환, 「소설과 시」, 『상상력과 원근법』(문학과지성사), 1993, p.109.

   김수영의 「풀」은 풀과 비와 날과 바람이란 네 개의 명사가 '나부끼다' '눕는다' '일어난다' '운다' '웃는다'란 다섯 개의 동사 그리고 '흐리다'란 하나의 형용사와 엇걸리며 그리고 역시 단순하게 반복되고 있다. 다만 이 시에서는 바람과 동풍, 풀과 풀뿌리 같은 유의어를 사용하고, '드디어' '다시' '빨리' '먼저' 등의 부사와 '까지' '보다' 등의 토를 다양하게 활용하여 단순한 반복이 아닌 듯한 인상을 주고 있다. 풀을 민중이라고 보는 해석은 시의 문맥과 맞지 않는다. 풀은 바람에 나부끼지만, 풀을 나부끼게 하는 바람 또한 울고 웃고 눕고 일어나는 행동을 풀과 함께 반복하고 있다. 풀은 바람보다 빨리 울고 눕기도 하고 바람보다 늦게 울고 늦게 눕기도 한다. 풀이 바람보다 먼저 일어난다는 것은 특별한 의미의 표현이 아니라 사실의 객관적인 서술로 보아야 한다. 화자는 풀밭 가운데서 날과 바람과 풀을 관찰하여 그것을 객관적으로 서술하고 있다. 발목과 발 밑이란 말로 화자의 위치를 알 수 있다. 객관서술은 대체로 확대해석을 차단하게 마련이다. 「산유화」와 「절벽」처럼 이 시에서도 바람과 풀은 완전한 일치를 이루어 내지 못한다. 눕는 데도 일어나는 데도 우는 데도 웃는 데도 그들 사이에는 미묘한 어긋남이 있다. 순수시는 관념이나 설화가 아닌 사실이나 환상을 표현한다. 우리는 「산유화」나 「절벽」과 같은 계열의 시를 설화 배경이나 관념 체계를 배제하고 읽어야 한다.

김종철, 「시적 진리와 시적 성취」, 황동규 편, 『김수영의 문학』(민음사, 1983), pp.99~100.

이 짤막한 한 편의 시에는 풀의 생리와 운명이 일체의 군더더기가 배제된 거의 완벽한 언어경제에 의하여 감동적으로 표현되어 있다. 풀은 만물 가운데서 가장 여리고 그런 만큼 가장 상처받기 쉽지만 동시에 그것은 어떤 억누름에 의해서도 근절되지 않는 가장 강인한 생명이다.

그리고 풀은 식물군 중에서도 가장 보잘것없는 비천한 미물에 지나지 않지만 또한 그것은 모든 삶을 누리는 존재들이 가장 마지막으로 의존하는 기초이다. 이러한 풀에 대한 그의 지각을, 시인은 여기서 매우 박진하게 표현하는 데 성공하고 있다.

이 작품에서 풀이 상징하는 것은 아마도 「거대한 뿌리」에 등장하는 '곰보, 애꾸, 애 못 낳는 여자, 무식쟁이' 등의 사회적으로 버림받는 인간들인지도 모른다. 그러나 우리가 이 시를 하나의 단순한 알레고리로 받아들이지 않는 한, 풀을 반드시 버림받은 인간으로만 번역하여 읽을 필요는 없다. 이렇게 말하는 것은 이런 번역의 가능성 그 자체를 외면해서가 아니라, 이 작품이 우선 무엇보다도 풀에 관한 이야기로서 읽혀질 때에, 그것의 생생함이 온전히 우리들에게 감동적으로 느껴지리라는 생각 때문이다. 어쨌든, 시인은 이러한 비천한 생명, 다시 말하여, 몽매한 눈에는 그것이 흔해빠진 것이므로 하나쯤 있어도 좋고 없어도 좋아 보이는 풀의 '웃고 울며, 일어나고 눕는' 실존의 모습에 주목하여 그것이 결코 딴 존재에 의하여 대체될 수 없는 독자적인 개성으로 존재하는 생명임을 확인한다. 이것은, 예컨대 '바람보다도 더 빨리 눕는다/바람보다도 더 빨리 울고/바람보다 먼저 일어난다'에서 '더 빨리' '먼저'라는 표현이 말하고 있다. '더 빨리'나 '먼저'라는 표현은 행위하는 주체자의 자유로운 의지를 전제로 하는 것이기 때문이다. 그러한 뜻에서, 이 작품은 풀 또는 풀이 상징하는 존재의 자유를 노래한 시라고 할 수 있을지도 모른다. 이처럼, 풀의 자유를 밝히고, 비록 그것이 희미한 존재이지만 그것대로 떳떳한 삶을 누려야 하는 생명으로서 풀을 보았을 적에, 이 모든 것은 하찮은 목숨 하나라도 결코 무시되거나 소홀히 되지 않게 지키고 돌보려는 시인의 깊은 사랑으로부터 우러나온 것이다. 우리가 이렇게 말할 수 있는 것은, 이 작품의 뛰어난 형상화가 우리들에게 깊은 감동을 줄 수 있기 때문이다. 어떤 경우이건, 시적 진리는 곧 시적 성취인 것이다.

> **김춘수·박진환, 『한국의 문제시·명시 해설과 감상』(자유지성사, 1998), pp.230~234.**

이 시는 한마디로 약자의 강인한 생명력을 주제로 한 시이다. 3연의 구조로 된 이 시는 그 의미역이랄까 문의로 보아서는 아주 단조롭고 평면적인 시다. 시가 단조롭고 평면적이라는 것은 이 시의 표층구조가 이미지로 형상화되는 조형성을 배제하고 있다는 뜻이 된다. 시가 이미지나 이미지의 조형성을 표층

구조로 하지 않았다는 것은 달리 이 시를 의미역으로 해명할 수밖에 없다는 뜻이 된다. 물론 의미역은 암시나 상징과 같은 비본래의 의미구조에 의해 순수의미보다 높은 차원의 의미역을 형성하기 마련이다. 이 시도 예외는 아니다. 고로 이 시는 문의를 쫓아 해명되는 의미역이 있고, 이 의미역이 암시하고 상징하는 또 다른 의미역이 형성되는 이중구조로 형상화되어 있다고 할 수 있다. 먼저 문의를 중심으로 한 의미성부터 제시해 보자.

1연에서는 풀이 눕는다로 시작한다. 왜 눕느냐 하면 비를 몰고 오는 동풍에 나부껴 눕지 않을 수 없다는 뜻이 된다. 그리고는 눕는 것이 슬퍼서 울고 더구나 날이 흐려짐에 따라 더 울다가 다시 누웠다는 의미로 풀이된다.

2연은 풀이 눕되 바람보다 더 빨리 눕고 더 빨리 울고 그리고는 더 먼저 일어난다는 의미 내용이다. 끝으로 3연에서 풀이 눕는 것은 바람 때문인데 이번에는 날이 흐려서 눕고, 눕되 풀뿌리까지 눕게 된다. 그러나 곧 일어난다. 일어나되 바람보다 늦게 누워도 바람보다 먼저 일어나고 바람보다 늦게 울어도 바람보다 먼저 웃는다고 2연의 의미와 역구조를 이루고 있다.

이러한 문의를 쫓아 해명될 수 있는 의미구조로 보면 이 시는 바람과 풀의 상관관계를 노래한 평범한 동태적 즉물시에 불과하게 된다. 사물과 사물의 관계 설정을 동태화에 따라 형상화한 지극히 단조롭고 평면적인 즉물시의 성격을 띠는 평범한 시에 불과하다는 뜻이 된다.

우리가 흔히 볼 수 있듯이 바람이 사납게 불면 풀은 드러눕고 바람이 멎으면 다시 일어선다. 이러한 되풀이는 풀과 바람의 숙명적 관계 설정일 수도 있다. 이러한 풀과 바람이라는 사물의 관계 설정 그것도 구상화한다거나 이미지화한 것도 아니고 그저 평범한 서술형식으로 의미화함으로써 시적 긴장이 이완된 듯한 느낌마저 들게 한다. 그러나 이 시를 제2의 의미역인 암시나 상징의 보다 높은 차원으로 확대했을 때 문의를 좇아 접근하고자 했던 이 시에 대한 접근방식이 잘못이었음을 알게 된다. 그렇다면 이 시의 암시 및 상징역인 제2의 의미역은 무엇인가.

제2의 의미역에서 먼저 제기되는 것이 풀이 함축하고 있는 상징성이다. 풀의 이미지는 흔히 민초로서의 짓밟힘, 민생, 약자, 민중, 민서 등의 상징성을 갖는다. 그래서 민중은 피지배계층의 약자 쪽에 서게 된다. 그리고 이러한 피지배계층의 약자의식은 우리가 흔히 말하는 오늘의 농민, 산업근로자, 어민, 노동자와 같은 시류적 민중개념을 넘어 역사적 민족의식으로 확대되게 한다. 그것은 우리 역사에서 볼 수 있듯이 제도적 장치가 계급사회로 이루어져 왔고 지배계층인 귀족과 피지배계층인 민서로 양분화되었음을 알 수가 있다. 지배계층의 특권화와 피지배계층의 종속화에 의해 두 계층간의 관계설정은 주종관계도 설정되있던 게 우리 역사에서 볼 수 있는 제도적 장치였다.

여기에서 필연적으로 피지배계층인 민서라 할 수 있는 민중 및 대중은 약자 편에 서게 되고 이 민서 계층을 이 시에서는 풀을 빌어 대리대상화한 것이다. 그래서 지배계층의 힘에 의해 피지배계층인 민중은 늘 지배되고 종속되었던 것이 된다.

두 번째로 제기되는 것이 풀을 눕게 했던 바람의 상징성이다. 풀이 바람에 의해 눕게 된 자연의 이치를 빌어 상징화한 바람은 곧 힘의 상징인 지배계층을 의미하게 된다. 역사가 말해주듯이 지배계층은 절대권력자로서 피지배계층을 지배하고 명령하며 사유화하는 힘으로 작용했다. 그래서 그 힘에 복종하고 굴복하고 추종함으로써 늘 무너지고 고꾸라지며 낮게 몸을 뉘여야 했던 것이 된다. 이 시는 바로 이러한 두 계층의 역학관계를 자연의 사물화에 의탁, 풀과 바람의 상관관계로 상징화했다고 할 수 있다.

바람을 다시 암시역으로 해석하면 또 다른 상징역이 성립된다. 풀이 약자, 민중에서 민족으로 확대해석 될 수 있듯이 바람도 지배계층에서 불의와 탄압, 구속력과 같은 또 다른 의미 설정으로 이동될 수 있기 때문이다. 이 시는 바로 이 두 상징역으로 해명했을 때 풀과 바람의 본태를 드러낼 수 있게 되고 이 시가 조명의 방식으로 선택한 역사의식의 시각으로 투시했을 때 비로소 그 상징역이 분명하게 드러나게 된다.

제3의 상징으로 제기될 수 있는 것이 바람보다 먼저 눕고 바람보다 먼저 일어나는 풀의 생명력의 상징이다. 민초가 그러했듯이 풀도 밟히고 뜯기고 찢기어도 다시 재생하고 재생하면서 끝내 뿌리째 뽑히지 않는 강인한 생명력 내지는 끈질긴 향일성의 식물이다. 이와 마찬가지로 민중도 비록 지배계층에 의해 무력하게 지배되고 복종하며 짓밟히고 예속될지라도 끝내 무너지지 않고 다시 일어서는 강인한 생명력을 지니고 있다. 우리 민족의 경우에서 보았듯이 체제와 외세에도 끝내 그 뿌리가 뽑히지 않고 의로운 민족으로 자생했던 집단적 생명력이 그것이다.

그래서 이 시는 이러한 민족적 생명력을 풀에 대유, 민족의식으로 승화시킨 것으로 풀이할 수 있게 되는 것이다. 풀과 바람의 상관성에서 볼 수 있는 자연의 법칙이 그러하듯이 민족의 근원적 생명력을 자생화하는 역사적 법칙도 동일한 삶의 진리로 획득되는 것이다.

바람에 의해 풀은 넘어진다. 심지어는 그 줄기나 밑동까지도 넘어지고 쓰러진다. 그러나 그 뿌리는 끝내 바람의 힘으로도 뽑지 못한다. 이것이 자연의 법칙이다. 역사적 법칙도 이와 같아서 비록 지배계층의 힘에 의한 불의나 부당한 탄압으로 일시적으로 민중을 굴복시킬 수 있고 지배할 수 있으나 그 뿌리째 뽑아낼 수는 없다. 이것이 역사적인 법칙이고 이 법칙은 다 삶의 진리에 연계되는 것이다.

김수영은 바로 이러한 삶의 법칙을 풀과 바람의 역학적 구조를 빌어 민족적 역사의식으로 확대한 것으로 볼 수 있게 한다.

〔…중략…〕

김수영의 시가 오늘의 민중시의 한 패턴으로 제기된 것도 김수영의 풀을 통해 상징화된 민중의식 내지는 피지배계층의 약소계층인 민중의식에서 비롯한다고 볼 수 있다. 그러나 김수영의 시는 의미를 전달하고자 하는 메시지의 전달을 넘어 이를 상징역으로 확대하고 있는 또 다른 암시역으로 내밀화함으로써 요즘의 민중시와는 그 차원을 달리 한다고 할 수 있다.

거기에다 요즘의 민중시가 현장성을 노출하고 의도의 공격적 노출을 선행 및 의식화했다면 김수영의 시는 이를 한 차원 높여 민족의식, 역사의식, 뿌리의식으로 확대, 승화시켰다는 데서 요즘의 민중시적 한계를 넘어서고 있다고 할 수 있다. 이 점에서 「풀」은 자연 및 역사법칙을 삶의 근원적 진리로 치환시킨 명시라고 할 수 있게 된다.

김현, 「웃음의 체험」, 황동규편. 『김수영의 문학』(민음사, 1983), pp.209~211.

의미론적으로 보자면, 「풀」은, 바람/풀의 명사적 대립보다는 넓은 의미의 동사의 움직임에 더 강조가 주어진 시이다. 그 동사들을 분석해 보면,

    1) 풀이 눕는다(현재)

    2) 동풍은 비를 몰아온다

        풀은 동풍에 나부낀다

        풀은 눕는다

        풀은 드디어 운다(과거)

    3) 「날은 흐리다」

        풀은 그것 때문에 더 운다

풀은 다시 눕는다(과거)

4) 풀이 눕는다(현재)

5) 바람보다도 더 빨리 눕는다(현재)

6) 바람보다도 더 빨리 운다(현재)

7) 바람보다 먼저 일어난다(현재)

8) 「날은 흐리다」

풀이 눕는다(현재)

9) 발목까지/발밑까지 눕는다(현재)

10) 바람보다 늦게 눕는다

바람보다 먼저 일어난다

바람보다 늦게 운다

바람보다 먼저 웃는다(현재)

11) 「날은 흐리다」

풀뿌리가 눕는다(현재)

와 같이 되는데, 그 분석은, 동사의 시제가 현재/과거로 대립되어 있으며, 그 반복적 움직임은 눕다/일어서다, 울다/웃다의 대립 위에 세워져 있다는 것을 알 수 있게 한다. 그 대립 뒤에 원경으로 흐리다 라는 형용사의 상태가 대립된다. 그 대립에서 더 중요한 것은,

날이 흐려서 더 운(5)

체험 때문에, 풀은

날이 흐리면 눕는다(11)

는 것이며, 풀이 눕는 것을 풀 속에 서서 느끼는 사람이 시 속
에 있다는 사실이다. 첫 번째 경우는,

1) 바람이 불면 눕는다/운다
2) 날이 흐리면 바람이 더 불 것 같아 더 운다

라는 심층구조의 변형의 결과이다. 두 번째 경우는, 12행(리듬
상의 변주를 불러일으킨 바로 그 12행이다)의,

발목까지
발밑까지 눕는다

의 발목, 발밑이 누구의 발목, 발밑일까를 생각해보면 자명해
진다. 누군가가 지금 풀밭 속에 서 있는 것이다. 그런데 그 시
에서 가장 중요한 것은, 그 숨어 있는 누구이다. 서 있는 그는,
마찬가지로 서 있는 풀이 바람에 나부껴 눕고, 뿌리 뽑히지 않
으려고 우는 것을 본다(과거). 그때의 울음은 바람소리와 풀의
마찰음이리라. 그 울음을 그는 그러나 웃음으로 파악한다(현
재). 뿌리가 뽑히지 않았음을 즐거워하며 웃는 풀이다. 그는 이
제 날이 흐리고 풀이 누워도, 웃을 수 있다. 「풀」의 비밀은 바
로 이 곳에 있다. 이 시의 핵심은, 바람/풀의 명사적 대립이나,

눕는다/일어선다, 운다/웃는다 의 동사적 대립에 있는 것이 아니라, 풀의 눕고 울음을 풀의 일어남과 웃음으로 인식하고, 날이 흐리고 풀이 누워도 울지 않을 수 있게 된, "풀밭에 서 있는 사람의 체험이다. 그것을 이해하게 되면, 시인이 왜 12행에 리듬상의 변주를 부여했는가 하는 이유를 곧 알 수 있게 된다.

김혜순, 「문학적 「장자」와 김수영의 시 담론 연구」, 김승희 편, 「김수영 다시 읽기」(프레스21, 2000), pp.187~190.

「풀」은 '풀'에 대해 이야기하기보다는 그(풀)와 함께 이야기를 나누는 형식의 작품이다. 「풀」에선 숨어 있는 "순수한 목소리"가 있어 '풀'에 대한 언술을 하고 있다. '풀'이 '풀'에 관한 언술을 하고 있는 것 같지만 또 하나의 목소리가 자신의 언술을 들려주고 있는 것이다. 풀과 함축적 화자는 대화적인 관계 속에 있다. 김현은 이에 대해 "누군가가 지금 풀밭에 서 있는 것이다. 그런데 이 시에서 중요한 것은, 그 숨어 있는 누구이다"라고 "순수한 목소리"를 인식하고, "풀밭에 서 있는 사람의 체험"을 중요시한다.

「풀」은 시간부사들(드디어, 더, 빨리, 먼지, 늦게)에 의해 바람을 축으로 과거, 미래(선행시간과 후행시간)로 구성되어 있다.

「풀」은 바람/풀의 대립소로 짜여진 시이다. 바람을 축으로 해서 '풀'은 '더 빨리'와 '더 늦게'의 시간대에 걸쳐 있다. '바람'을 축으로 시간을 구분해 보면 다음과 같다.

170

	선행시간	후행시간
1연		눕는다 눕고/울었다 드디어 울었다 더 울다가 다시 누웠다
2연	눕는다 더 빨리 눕는다 더 빨리 울고 더 빨리 웃고 먼저 일어난다	
3연	먼저 일어나고 먼저 웃는다	눕는다 늦게 누워도 늦게 울어도 눕는다

이렇게 볼 때 「풀」은 바람이란 축에 의해 바람보다도 먼저, 혹은 바람보다도 늦게 눕거나, 울거나 웃는다. 1연에서 풀은 바람보다 후행하지만, 2연에서 풀은 바람보다 선행한다. 그러나 이것은 바람직한 모습이 아니다. 3연에 오면 비로소 풀의 자의성, '자화'가 드러난다.

이 시에서 '풀'은 바람이나 시간과 상관없는 자의적 존재이며, 스스로 변화(獨化)하는 '자유'로운 존재이다. 김수영은 「풀」을 쓰기 3개월 전에 「해동」이라는 수필 속에서 "이 봄의 과제 앞에서 나는 나를 잊어버린다. 제일 먼저 녹는 얼음이고 싶고, 제일 마지막까지 남아 있는 철이고 싶다. 제일 먼저 녹는 철이고 싶고, 제일 마지막까지 남아 있는 얼음이고 싶다"라고 '풀'

과 같은 자의적 존재로서의 자신의 존재 지향성을 시간에 기대지 않는 모습으로 피력한 바 있다. 그러므로 「해동」에 의거해 김수영의 「풀」을 보면 '풀'은 '바람'의 시간성에 기대지 않는 자의적 존재로서의 모습을 드러낸다.

「풀」은 즉자적 인식에서부터 발전하여 자기모순을 발견해나가면서 대자적 인식에 도달한 자신의 모습을 표출한 작품이다. 스스로의 변화성(눕고, 일어나고, 울고, 웃는)으로 타물(바람)에 의존치 않고 그 존재를 성립시킨 존재자의 모습을 구현한 작품이다.

서우석, 「김수영:리듬의 희열」, 황동규 편, 『김수영의 문학』(민음사, 1983), pp.183~185.

첫 연에서는 '풀이 눕고 울었다'의 설명이고 다음 연은 풀과 바람과의 관계를 설명한다. '더 빨리 눕고, 더 빨리 울고, 바람보다 먼저 일어난다'는 설명이다. 셋째 연은 언뜻 둘째 연의 내용에 반대되는 것으로 보인다. 바람보다 빨리 눕는다고 말했지만 이번에는 '바람보다 늦게 누울' 경우가 있고 이 경우에 대한 설명이다. 그러나 그렇다고 하더라도 '바람보다 먼저 일어나는' 사실은 변하지 않는다는 것을 다시 강조한다. 그런데 이러한 강조가 너무 많은 반복의 구조 때문에 감춰져서 우리에게 언뜻 전달이 되지 않고 있다. 셋째 연을 보면 행의 첫 음이 '날·발·바·날'의 반복이고 둘째 행부터 첫 박의 어미인 '까지·보다'가 반복되어 있고 '늦게·먼저'가 반복되는가 하면

172

'누워도·일어나고·울어도·웃고'의 첫 모음이 어두운 모음의
흐름임으로 해서 다 그게 그것이려니와 하는 말처럼 모든 행이
똑같은 것이 되고 반복만이 주어진 것 같은 효과가 생긴다. 이
효과 때문에 이 연이 갖는 의미가 숨겨지게 된다. 이 시에는 확
실히 頭韻의 효과가 있다. 그 두운을 뽑아서 모음의 움직임을
보이면 다음과 같다.

첫 연	둘째 연	셋째 연
우이우으아아	우아아아	아아아아아아아아
우 —— 아 —	우아 ——	아 ·———————

    이 모음의 움직임은 두운을 지배하고 있고 그 결과 세 개의
연은 이에 의해 꿰뚫어져 통일감을 갖는다. 이 시에서 반복되
는 단어를 배열해 봄으로써 주술적인 틀이 무엇인지를 살펴보
자.

    풀이 눕는다
    ……
    풀은 눕고
    …… 울었다
    …… 더 울다가
    …… 누웠다

    풀이 눕는다

바람보다도 …… 눕는다
바람보다도 …… 울고
바람보다 …… 일어난다

…… 풀이 눕는다
……
…… 눕는다
바람보다 …… 누워도
바람보다 …… 일어나고
바람보다 …… 울어도
바람보다 …… 웃는다
…… 풀뿌리가 눕는다

　여기에 '날이 흐려서'라는 문구가 세 번이나 반복이 되지만 이것까지 넣고 '빨리'와 '먼저'와 '늦게' 등을 넣으면 원시와 다름없는 형태가 될 것이다. 이 시가 반복에 의해 주술적인 힘으로 우리에게 알려주는 것은 '풀은 눕고 그리고 운다'는 사실과 '어떻게 되더라도 풀은 다시 일어난다'는 사실이다. 그리고 이 모든 일이 '날이 흐린 중'에 일어나고 있는 일이라는 사실을 우리에게 알려준다. 날은 흐리고 동풍이 불고 있으니 비는 오지 않고 있다. '발목까지' '발밑까지' 눕는다는 설명은 영화의 클로즈업 장면을 보듯이 풀과 신발만이 화면에 가득찬 정경을 우리에게 보여주고 있는 듯하다.

성민엽, 「김수영의 「풀」과 「논어」」, 「서정시학」 2000년 봄호,
pp.160~166.

    정재서 교수가 김수영의 풀이 『논어』의 풀과는 정반대가 되
는 정치적 알레고리를 이루어냈다고 본 것은 김수영의 풀을 민
중의 저항 정신의 상징으로 보는 해석에 근거한다. 이 해석은
「풀」에 대한 민중주의적 독법과 입장을 같이 하는 것인데, 이
러한 독법은 시 전체를 보지 않고 특정한 한 부분만을 본 것이
라는 혐의로부터 자유로울 수 없다. 이 독법에서 주시되는 부
분은 오직 〈2-2〉와 〈2-4〉일 뿐이다. 이 부분만을 보게 되면 바
람보다도 더 빨리 눕고 바람보다도 먼저 일어나는 풀은 정확하
게 『논어』의 풀과 상반된다. 『논어』의 풀이 오로지 수동적이고
종속적인 존재인 데 반해 김수영의 풀은 그 자신 능동적이고
주체적인 존재가 되고 있기 때문이다. 그러나 이러한 독법은
시의 다른 부분들을 무시하거나 경시한다는 점에서, 그리고 자
연 현상의 질서에 부합되지 않는 진술이 어떻게 시적 진실을
획득해 나가는가에 대한 검토를 결여하고 있다는 점에서 문제
시되지 않을 수 없다. 시 전체를 보게 되면, 가령, 〈2-3〉의 '울
다'는 무슨 뜻인가, 〈2-2〉의 '눕다'는 〈2-4〉의 '일어나다'와 짝
을 짓는데 〈2-3〉의 '울다'는 제3연에서와는 달리 왜 '웃다'라는
짝 없이 혼자 나오는가, 제2연에서는 바람보다 더 빨리 눕고
더 빨리 운다고 해놓고 왜 제3연에서는 바람보다 늦게 눕고 늦
게 우는 경우를 말하고 있는가, 울다/웃다의 관계는 눕다/일어
나다의 관계와 같은가 다른가, 등등의 의문들이 떠오른다. 또

자연현상의 질서와 관련하여 보면, 가령 황동규의 지적(「시의 소리」)처럼 "비를 몰아오는 바람을 풀이 싫어할 리가 없다는 생물생태학적인 반론"에 부딪히게 될 수도 있고, 바람보다도 더 빨리 눕고 먼저 일어난다는 제2연의 진술이 돌연히 제시되고 있는지라 명백히 자연 현상의 질서에 위배되는 그 진술이 어떻게 시적 진실로 성립되는지 그 내역이 의심스러워질 수도 있다. 아마도 전체적으로 일관된 해석의 실마리는 김현(「웃음의 체험」, 1981)이 지적한 화자의 존재로부터 찾아질 수 있을 것 같다. 김현은 "풀이 눕는 것을 풀 속에 서서 느끼는 사람이 시 속에 있다는 사실"을 분명하게 지적했다. 그에 따르면 〈3-2〉와 〈3-3〉의 발목·발밑은 바로 그 풀밭에 서 있는 사람의 발목·발밑이다(사실상 이 사람의 존재는 서우석의 「김수영:리듬의 희열」(1997)에서 이미 암시된 바 있다. 서우석은 '발목까지' 발밑까지' 눕는다는 설명은 영화의 클로즈업 장면을 보듯이 풀과 신발만이 화면에 가득찬 정경을 우리에게 보여주고 있는 듯하다"라고 썼다). 이 화자의 존재를 전제하고 「풀」을 처음부터 꼼꼼히 읽어보기로 하자.

우선 시제에 주목할 필요가 있겠다. 제1연의 제2행부터 제6까지는 과거이고 나머지는 모두 현재이다. 주지하듯 현재 시제의 용법은 꼭 현재를 나타내는 데에만 국한되지 않는다. 바로 뒤의 과거와 연결되고 있는 〈1-1〉의 현재와 제2연, 제3연이 현재는 용법이 다를 수 있다. 제1연의 현재와 과거가 객관적 사실이라면 제2연과 제3연의 현재는 화자의 주관적 연상이거나 상상일 수 있다. 이렇게 보면 제1연의 바람에 나부껴 풀이 눕는다는 진술에서 제2연의 풀이 바람보다도 더 빨리 눕고 먼저 일어난다는 진술로의 돌연한 비약이 자연스러운 것이 될 수 있다. 그러면서 오히려 제2연과 제3연의 진술의 차이가 대두된다. 제2연에서는 바람보다도 더 빨리 눕고 더 빨리 우는 풀이 제3연에서는 바람보다도 늦게 눕고 늦게 운다. 서우석은 이것을 바람보다 늦게 누울 경우도 있다는 것, 그렇지만 그렇다고 하더라도 바람보다 먼저 일어나는 사실은 변하지 않는다는 것을 강조한 것이라고 읽었다. 필자는 서우석의 이 독법에 일리가 있다는 것을 인정하면서, 약간 다른 방식의 읽기의 가능성을 타진해 본다는 뜻에서 다음과 같이 추론해본다. 즉, 제2연의 현재는 상상의 시간이고, 제3연의 현재는 그 상상에도 불구하고 실제로는 풀이 바람보다 늦게 눕고 늦게 운다는 사실을 인정하지 않을 수 없는 화자가(제3연의 처음 세 행을 바로 그 인정의 과정으로 본다면 이 세 행의 존재가 자연스러워진다) 그렇기는 하지만 풀이 바람보다 먼저 일어나고 먼저 웃는 것은 어김 없는 진실이라고 인식하는 인식의 시간일 수 있지 않을까. 만약 이렇게 읽는 데 일리가 있다면 「풀」의 시적 전언의 핵심은 "바람보다 늦게 누워도 바람보다 먼저 일어나고 바람보다 늦게 울어도 바람보다 먼저 웃는다"라는 네 행에 있는 것이 되겠다.

　다음은 눕다/일어나다와 울다/웃다의 대립에 대한 검토가 필요하겠다. 우선, 눕는 것과 우는 것이 부정적인 가치인가 생각해 보자. 제1연을 보면 비를 몰아오는 동풍에 나부껴 풀은 눕고 드디어 울었다. 만약 그 울음이 바람과 풀의 마찰음이라면 왜 화자는 그것을 하필 울음으로 인식한 것일까. 울음은 기뻐서 우는 것도 있지만 대부분의 경우는 슬퍼서 우는 것이다. 슬퍼서 우는 것이라면 그것은 눕는 것이 슬프기 때문이다. 눕는 것이 왜 슬플까? 눕는다는 것 자체가 굴욕적이거나 고통스러운 것이라서? 눕는다는 것은 뿌리 뽑히게 될 위험에 처해 있는 것이기 때문에? 일단 대답을 보류하고 제2연을 보자. 풀이 바람보다도 더 빨리 눕고 더 빨리 운다는 것은 바람도 눕고 운다는 것을 전제한 진술인가, 아니면 바람이 풀로 하여금 눕고 울게 하기 전에 풀이 더 빨리 눕고 운다는 진술인가. 전자라면 눕는 것도, 우는 것도 부정적인 가치가 되지 않을 것이다. 후자라면 더 빨리 눕고 더 빨리 우는 게 긍정적인 덕목이 될 수 있을까. 아니면, 눕는다와 운다가 제1연에서는 부정적인 가치였지만 제2연에 와서는 돌연 가치중립적인 것으로 바뀌는 것으로 보아야 할까. 제2연의 마지막 행에서 처음으로 일어난다가 등장하는데, 형식적으로 보면 여기에는 '더 빨리'가 아니라 '먼저'라는 부사를 씀으로써 눕는다, 운다와 구별되고 있다는 점이 눈에 띈다. 왜 이렇게 구별한 것일까. 단순한 반복을 피하기 위해서? 그럴 수도 있겠지만, 일어난다가 눕는다나 운다와 종류가 다른 동작이라는 전제가 깔려 있는 것일 수도 있다. 지금 우리가 계속해서 의문을 나열하고 있는데, 이 의문들을 일관되게 해결해주는 대답은 거의 불가능해 보이지만, 역으로 대답의 일관성을 포기하고 이상의 의문들을 앞 문단에서 언급했던 시제 문제와 연관지어 따져보면 다음과 같은 대답이 가능할 것도 같다.

제1연에서의 눕는다와 운다는 부정적인 가치이다. 이것은 사실의 차원에서의 일이다. 제2연에서는 그 부정적 가치는 탈색

되고 오직 동작의 선후, 그러니까 행위의 주체성만이 문제시된다. 이것은 상상의 차원에서의 일이다. 제3연에서도 눕는다와 운다의 부정적 가치의 탈색이 일단은 계속되는데, 일어난다와 웃는다는 뚜렷이 긍정적 가치를 띠고 나타나며, 그럼으로써 다시금 눕는다와 운다의 부정적 가치를 환기시킨다. 이것은 시적 진실의 차원에서의 일이다. 세 연의 세 가지 서로 다른 차원이 뚜렷한 단절감 없이 연속적으로 느껴지는 것은 주로 김수영 특유의 반복법의 덕택이다. 황동규(「정직의 공간」, 1976)가 적절히 지적한 바의 그 강조하기 위한, 강조를 통해 논리를 뛰어넘기 위한 반복법 말이다. 좀더 자세히 말하면 다음과 같이 된다. 제1연의 비극적 상황을 제2연의 풀의 동작의 선행성(즉, 행위의 주체성)에 대한 상상을 통해 극복하고자 하지만 그 상상은 현실과 부합되지 않는다. 그 부합되지 않음이 이 상사에 제동을 걸어 〈2-4〉의 일어난다에서 멈추고 웃는다까지 나아가지 않게 만든다. 또한 가치의 탈색이라는 조작에도 불구하고 가치에 대한 무의식적 고려가 〈2-4〉에서 앞의 두 경우와 구별되는 '먼저'라는 부사를 사용하게 만들며 이 상상을 중단시키는 데 작용한다. 그리하여 상상이 중단된 화자는 현실로 돌아오고 자신의 발목까지, 발밑까지 눕는 풀을 바라본다. 그 풀은 바람보다 늦게 눕고 늦게 우는 풀이지만 그러나 일어나는 것이나 웃는 것은 바람보다 먼저 한다는 인식에 화자는 도달한다. 그 인식은 어떻게 가능한가. 앞에서 의문형으로 제기했던 것처럼 바람과 풀의 마찰음은 듣는 자의 주관에 따라 울음으로 들릴 수도 있지만 반대로 웃음으로 들릴 수도 있는 것이다. 말하자면 화자는 바람에 나부끼며 내는 풀의 소리를 이제 울음소리가 아니라 웃음소리로 듣는 것이다. 이 순간 그 인식이 가능해진다. 이 순간 나부끼는 풀의 모습은 눕는 것이 아니라 일어나는 것으로 보인다. 이 시의 비밀은 눕는다/일어난다에 있는 것이 아니라 운다/웃는다에 있다고 볼 수 있다. 바람이 불면 풀은 눕고 바람이 멎으면 풀은 일어난다. 이것이 자연현상의 질서이다. 그렇다면 이에 대응하여 바람이 불면 풀은 울고 바람이 멎으면 풀은 웃는 것일까. 그렇지 않다. 이 시에서 중요한 것은 바람과 풀의 마찰음이다. 그 마찰음이 울음일 수도 있고 웃음일 수도 있는 것이다. 바람이 멎으면 그 마찰음도 멎을 것이니 웃음은 있을 수 없다. 울음/웃음은 여기에서 울음=웃음이 된다. 이에 대응하여 눕는다/일어난다를 보게 되면 그것들은 확연히 구별되는 서로 다른 두 개의 동작 내지 상태가 아니라 하나의 동작, 하나의 상태의 두 측면이다. 바람에 나부끼는 상태 자체가 눕는 것일 수도 있고 일어나는 것일 수도 있는 것이다. 눕는다=일어난다, 운다=웃는다의 등식이 주이고 수동적이고 종속적인 존재에서 능동적이고 주체적인 존재로의 전화는 종이다. 그 등식은 이미 김현(1981)에 의해 제기된 바 있다. 김현은 다음과 같이 간략하게 썼다.

뿌리가 뽑히지 않기 위해서 우는 풀은, 사실은, 뿌리가 뽑히지 않았음을 즐거워하며 웃는 풀이다. 그는 이제 날이 흐리고 풀이 누워도, 웃을 수 있다. 「풀」의 비밀은 바로 이 곳에 있다. 이 시의 핵심은, 바람/풀의 명사적 대립이나, 눕는다/일어선다, 운다/웃는다의 동사적 대립에 있는 것이 아니라, 풀의 눕고 울음을 풀의 일어남과 웃음으로 인식하고, 날이 흐리고 풀이 누워도 울지 않을 수 있게 된, "풀밭에 서 있는 사람의 체험이다. 그것을 이해하게 되면, 시인이 왜 12행에 리듬상의 변주를 부여했는가 하는 이유를 곧 알 수 있게 된다.

결국 필자는 김현의 간략한 통찰에 길다란 주석을 단 셈이 되었다. 다만 위 인용의 마지막 대목에 대해서는 수정이 필요한 것 같다. 화자가 눕는다=일어난다, 운다=웃는다의 시적 진실을 인식함으로써 이제 과연 "날이 흐리고 풀이 누워도 울지 않을 수 있게 된" 것일까. 마지막 행의 "날이 흐리고 풀뿌리가 눕는다"에서는 날이 흐리고 풀이 누워도 웃을 수 있게 된 자의 웃음이 아니라 오히려 지극한 슬픔이 느껴지지 않는가. 마지막 행에서 눕는 것은 풀이 아니라 풀뿌리이다. 풀뿌리가 눕는다는 것은 발목까지, 발밑까지 정도를 넘어서서 아예 땅 속에까지 눕는다는 것인데, 그렇다는 것은 뿌리뽑힘의 위기가 발목까지, 발밑까지 누울 때보다 비교할 수 없을 정도로 훨씬 더 심각해졌다는 것이다. 이 고조된 위기 속에서 과연 눕는다=일어난다, 운다=웃는다의 등식이 여전히 성립될 수 있을까. 풀은 이제 뿌리뽑히고 말 것인가. 아니면 많이 눕는 만큼 많이 일어나 더욱 큰 웃음을 웃을 수 있을 것인가. 마지막 행이 던져주는 이 물음은 이 행의 이중적 의미 속에서 읽는 이의 가슴을 무겁게 짓눌러 온다.

신경림, 『신경림의 시인을 찾아서』(우리교육, 1998), p.337.

이 시에서 주어는 풀과 바람 단 둘뿐이지만 바람은 비교를 위한 종개념인 만큼 하나인 셈이다. 그 풀이 눕고, 울고, 울다가 눕고, 눕고, 울고, 일어나고, 눕고, 일어나고, 웃고, 눕고가 내용의 전부이다. 이것이 바람과의 관계 속에서 조금씩 다르게 바뀔 뿐이다. 첫연에서 풀은 바람(동풍)에 나부껴 눕고 그리고 운다. 둘째연에서는 풀은 눕지만 바람보다도 빨리 눕고 빨리 울고 먼저 일어난다. 셋째연에서는 첫연, 둘째연의 내용이 바람과의 관계를 통하여 다시금 강조된다. 모든 잔가지를 쳐낸 압축된 풀의 이미지가 되풀이에 의해 더 선명하게 부각되면서, 풀의 풋풋하고 끈질긴 생명력이 독자를 압도하는 점, 주목할 필요가 있을 것이다. 여기서 풀을 민중의 알레고리로 해석하는 독법이 판을 치게 되었고, 7·80년대의 상황과 맞물리면서 마침내 풀은 민중시의 가장 보편적인 화두가 되었다. 그러나 풀은 어디까지나 풀로 읽어야지 관습화된 상징으로 읽을 때 시는 자칫 속화된다.

김수영 시인은 결코 이런 관습적 상투적, 그래서 맥빠진 상징을 가지고 시를 쓸 시인이 아니다. 하지만 이 시의 풀에서 끈질긴 생명력을 가진 민중을 연역한다면 그것은, 역시 60년대말 박정희의 영구집권을 노리는 삼선개헌을 둘러싸고 기회주의적 지식인들이 보인 행태를 연역해내는 것과 마찬가지로, 독자의 자유이다.

182

유재천, 「시와 혁명」, 김승희 편, 『김수영 다시 읽기』(프레스21, 2000), pp.107~108.

「풀」은 풀과 동풍, 비라는 풀을 둘러싸고 있는 외적 환경 사이의 관계를 통해 완전한 사회를 위한 영원히 지속되어야 하는 혁명관을 드러내주고 있다.

대지에 뿌리박고 있는 풀은 이 세계 속에 내던져진 피투성의 존재이며 그것을 둘러싸고 있는 비와 동풍은 벽으로서의 한계상황이다. 피투성의 존재로서의 풀은 불어오는 동풍과 비에 의해 울고 눕는 비극적인 행동을 반복한다. 그러나 벽에 대한 인식은 실존에 대한 자각을 일깨우고 세계에 대해 일어서고 웃는 저항적 태도를 취하게 한다. 이 저항적 태도는 벽으로서의 한계 상황을 극복하고 완전한 사회를 이룩하고자 하는 생에 대한 열렬한 사랑이자 적극적인 참여행위이다.

이 시는 풀의 삶, 즉 풀의 울고, 눕고, 웃고 일어섬을 통해 인간의 실존적 삶의 모습을 반영해주고 있다. 눕고 울게 하는 힘이 자유를 구속하는 벽으로서의 한계상황이라면 일어서고 웃는 행위는 초월적인 세계를 향한 저항의 모습이다. 풀은 웃고 일어서는 행위를 통해 세계와 대결하고 새로운 자유를 획득한다. 「풀」 전편을 통해 반복되는 울고, 웃고, 눕고, 일어서는 행위는 완전한 사회를 위한 풀의 혁명이 절대적인 것이 아니라 영원히 반복되어야 하는 상대적 혁명임을 보여준다.

유종호, 「시의 자유와 관습의 굴레」, 황동규 편, 「김수영의 문학」(민음사, 1983), pp.256~257.

시인의 최후의 소작으로 알려진 「풀」은 그가 그렇게도 기피하였던 한국 근대시의 표준적 단시(短詩)의 뼈대를 가지고 있다. 가장 기본적인 모국어 기초단어만으로 씌어졌다는 점, '나'라는 퍼스나의 설정 없이 소박한 객관적 서술로 일관되어 있다는 점이 이 작품을 극히 예외적인 작품으로 만들고 있다. 바람, 비, 풀이라는 가장 기초적인 자연 현상의 어휘, 눕다, 울다, 일어나다와 같은 기본적인 인간동작을 나타내는 낱말의 배타적 조직은 이 작품을 친근하게 만들면서 고도의 암시성을 부여한다. 기초단어일수록 그 함축이 폭넓은 것이기 때문이다. 가령 '일어난다'는 낱말이 맥락에 따라서 가질 수 있는 의미는 얼마든지 가능하다. 따라서 이 작품은 독자가 읽어내고 싶은 의미를 다양하게 공급해준다는 소지를 가지고 있다. 단시적 완벽성의 거절을 아쉬워하는 사람들이 이 작품에 각별한 선호를 표시하는 것은 이해가 가는 일이다. 그러나 이 작품이 시인의 발전에 있어서의 지속적인 구경(究竟)이었을 것인가에 대해서는 불안정한 추측이 가능할 뿐이다. 「눈」「채소밭 가에서」「달밤」과 같이 쉬운 밀도 된 필세된 단시를 이전에도 잔힐직으로 보여 주었기 때문이다. 이 아담한 단시가 그의 절제되지 않은 많은 산문적인 긴 시편들을 배경으로 놓고 볼 때 돋보이는 것은 사실이나 단시 특유의 시적 긴장이라는 관점에서 본다면 얼마간 느슨한 편이다. 전통적으로 한글전용을 실천해온 소설의 경우에도 제목만은 「裸木」「海壁」처럼 한자로 표기하는 것이 보통이다. 문맥에서 독립해 있는 경우 한자로 표기하는 것이 한결 편리하기 때문이다. 김수영의 시에 한자어 표기가 많은 것은 논리의 비약과 당돌한 심상이 많기 때문이다. 한글만으로 표기한 이 시에는 김수영 특유의 역동적이고 당돌한 심상이 비근하고 범상한 원형적인 것으로 대치되었다. 어쨌거나 바람에 불리는 풀밭은 가령 붉은 저녁놀 구름 없는 가을 하늘, 만발한 살구꽃, 낮에 나온 반달, 바람에 불리는 청보리밭과 마찬가지로 비근하면서도 언제 보나 인상적인 자연 풍경이다. 보고 싶은 것을 보여주는 것이 사람 눈의 조화이다. 이 작품에서 소망스러운 의미를 읽어 내기에 앞서서 중요한 것은 바람에 불리는 풀밭의 시각적인 즐거움 그 눈잔치를 재경험하는 일이다. 배타적인 조직을 노리는 토착어 지향을 통해서 한국이 근대시가 자기발견과 자기정의를 성취한 것이라면 「풀」이 그의 마지막 작품이라는 것은 그의 말투를 빌어 행복한 시간의 우연이라 할 것이다.

이남호, 『교과서에 실린 문학작품을 어떻게 가르칠 것인가』(현대문학, 2001), pp.193~196.

1연에서는 비바람에 나부껴 풀이 눕는다고 묘사한다. 이것은 매우 단순하고 사실적인 묘사이다. 그런데 4행에 와서 드디어 울었다라고 되어 있다. 시인은 풀의 어떤 모습을 보고 울었다라고 했을까 의문을 가질 만하다. 5행과 6행을 보면, '날이 흐려서 더 울다가/다시 누웠다' 라고 되어 있다. 그러니까 우는 것과 눕는 것이 다른 모습인 것이 분명하다고 할 수 있다. 바람에 의해서 풀이 땅으로 기울어지는 것이 〈눕다〉의 의미일 것이다. 바람이 불 때, 풀의 모습은 눕는 것 말고 또 어떤 것이 있을까? 바람이 불면 풀은 땅에 누웠다가 또 조금 일어서면서 마구 흔들리기도 하는데, 그 흔들리는 모습을 두고 〈울었다〉라는 표현을 쓴 것이라고 짐작해 볼 수 있다. 이렇게 본다면, 풀이 누웠다가 울었다가 한다고 한 1연은 바람에 휩쓸려 풀이 마구 흔들리다가 땅으로 휘어지곤 하는 모습을 묘사한 것이라 할 수 있겠다. 그리고 1연에서 또 하나 언급해 둘 것은, 비바람이 몰아치고 있으며 날이 흐리다는 것이다. 이것은 풀이 처한 상황의 암울함을 알려준다.

2연에서도 1연에서처럼 풀이 눕고 또 운다고 말한다. 그리고 1연과는 달리 풀이 일어나는 것에 대해서도 말한다. 〈일어난다〉는 것은 〈눕는다〉의 반대이므로, 풀의 어떤 모습을 지시한 것인지 쉽게 알 수 있다. 이로써 풀의 움직임은, 눕고, 울고, 일어나는 세 가지 모습을 보여준다. 실제로 바람 부는 들판의 풀들을 보면, 땅으로 심하게 휘었다가 또 조금 일어나 엉키듯이 심하게 흔들리다가 또 잠시 바람이 자면 바로 서는 것을 관찰할 수 있다. 이 시는 일차적으로 그런 풀의 실제 모습을 단순한 화법으로 독자에게 재현시켜주고 있는 것이다. 그런데 2연에서 주목할 것은, 풀의 움직임을 바람에 비교하고 있다는 점이다. 시인은 풀의 움직임이 바람보다 빠르다고 말한다. 즉 바람보다 풀이 더 빨리 눕고, 울고, 먼저 일어난다고 말한다. 이 말 속에는 바람 역시 풀처럼 눕고, 울고, 일어난다는 것이 전제되어 있다. 바람이 풀을 움직이게 하는 원인이기 때문에 이것은 당연하다. 그러나 시에는 이 당연한 사실을 무시하고 풀이 바람보다도 더 빨리 눕고, 울고, 일어난다고 말한다. 이것은 상식에 어긋나는 진술이다. 여기서 의미의 긴장이 생긴다. 도대체 무슨 이유로 시인은 풀이 바람보다 먼저 눕고, 울고, 일어난다고 말하는 것일까? 이 의문을 잠시 유보하고 3연을 보자.

3연은 얼핏 보면 1, 2연의 내용을 반복하고 있는 것처럼 보인다. 날이 흐린 것을 말하고, 풀이 바람보다 먼저 일어나고 웃는 것을 말한다. 풀이 웃는다고 하는 것은, 물론 우는 것의 반대로 씌어진 것으로, 바람이 다 지나간 후 아주 부드럽게 살랑이는 정도로 이해할 수 있을 것이다. 그런데 풀의 움직임을 잘 살펴보면, 2연의 내용과 일치하지 않는 점이 있다. 우선 발목까지/발밑까지 눕는다는 풀이 바람에 휩쓸려 아주 많이 휘어짐을 말한다. 이 때 〈발〉이 풀을 관찰하고 있는 화자의 발인지 아니면 풀의 발인지 분명하지 않지만, 어느 쪽이라도 많이 휘어진다는 뜻에서는 변함이 없다. 이어서 풀이 바람보다 늦게 누워도/바람보다 먼저 일어나고/바람보다 늦게 울어도/바람보다 먼저 웃는다고 말한다. 2연에서는 풀이 바람보다 빨리 눕고 또 빨리 운다고 했는데, 3연에서는 풀이 바람보다 늦게 눕고 또 늦게 운다고 했다. 즉, 시인은 풀의 움직임이 바람보다 먼저라고 하기도 하고 또 바람의 움직임이 풀의 움직임보다 먼저라고 하기도 하는 것이다. 이것은 모순된 진술인 듯하지만 바로 여기에 이 시의 묘미가 숨어 있다.

「풀」은, 바람에 움직이는 풀의 모습을 관찰하고 묘사한 작품이다. 시인은 흐리고 바람이 부는 날 들판에 서서 풀을 바라보고 있다. 바람이 불면 풀이 심하게 흔들리기도 하고 또 땅까지 휘어지기도 한다. 그러다가 잠시 바람이 불면 풀이 심하게 흔들리기도 하고 또 땅까지 휘어지기도 한다. 그러다가 잠시 바람이 잠잠해지면 다시 일어서서 가볍게 살랑대기도 한다. 이런 풀의 움직임이 반복되고 있다. 그런데 시인이 볼 때(느낌을 포함해서) 바람이 먼저 불어오고 이어서 풀이 흔들리는 것 같을 때도 있고 또 바람이 아직 불지 않는데 풀이 먼저인 것처럼 보이기도 하고 또 바람이 먼저인 것처럼 보이기도 한다. 이것은 비록 상식에 어긋나는 것이긴 하지만, 시인의 독창적인 관찰이 발견한 감각적 진실이다. 우리의 상식적 지식은 바람이 먼저 불고 그 다음에 풀이 흔들리는 것이다. 그렇지만 바람 부는 풀밭을 한참 쳐다보면, 풀은 바람보다 먼저 움직이기도 하고 늦게 움직이기도 하는 것처럼 보인다. 「풀」이란 작품은 이처럼 감각적 진실에 의존하여 바람 부는 풀밭의 모습을 실감나게 입체적으로 보여준다. 만약 바람이 먼저 눕고, 울고, 일어나고, 웃은 다음에 풀이 눕고, 울고, 일어나고, 웃는다고 말한다면, 그것은 상시에는 맞는 말일지 몰라도 바람에 흔들리는 풀들의 모습을 실감나게 전달하지는 못한다. 「풀」이란 시는 불과 몇 개의 낱말과 단순한 문장들을 절묘하게 조합하여 읽는 이들에게 바람 부는 풀밭의 풍경을 생생하게 전달하고 있는 것이다. 바람에 움직이는 풀의 모습을 그 생생한 분위기까지 살려서 언

188

어로 보여주는 것이 바로 「풀」이란 작품의 기본적인 의미이다.

한편, 풀의 여러 움직임 중에서 눕는 동작이 가장 많이 반복된다. 눕는다는 첫행과 마지막 행을 비롯하여 여덟 행의 술어가 되어 있다(누웠다 포함). 그리고 시인은 날이 흐리다는 사실을 반복해서 강조한다. 이 때문에 풀이 시련과 고통 속에 있다는 느낌을 준다. 그런가 하면, 2연과 3연에서는 빨리와 먼저라는 부사가 강조되면서 풀의 끈질긴 생명력을 암시한다. 이 두 가지 강조를 통해서 시인이 말하는 바는, 풀은 시련과 좌절 속에서 시달리지만 끈질긴 생명력으로 어려운 상황을 견뎌내고 나아가 상황을 오히려 압도한다는 것이다.

> 이은정, 「상반된 수용의 문제」, 김승희 편, 『김수영 다시 읽기』(프레스 21, 2000), pp.421~423.

이 시를 읽으면 우선 풀, 비, 바람이 상기하는 신선함과 습기에 찬 초록빛 등이 떠오른다. 따뜻함보다는 시원한 냉기, 정적인 풍경보다는 나부끼는 풀의 부드러운 움직임, 소리 없음 속의 흐릿한 어두움, 살아 움직임들을 감지하게 된다. 그리고는 대조되는 동사들, 반복의 기법, 리듬과 운 등에 맞추어 읽어나가다가 오히려 통사적인 의미파악을 놓치게 된다.

세 개의 연은 "풀이 눕는다"를 공통 행으로 지니면서 새로운 동사를 추가한다. 1연은 '눕는다/울다', 2연은 '눕는다/울다/일어나다', 3연은 '눕는다/일어나다/울다/웃다'로 부연된다. 추가되는 동사에 의해 의미는 단조로움으로 전복되지 않고 강조와 주술의 의미를 획득한다. 즉 풀이 누워서→울다가→일어나서→웃는 과정을 반복과 대조로 점진적으로 표현하고 있으며, 마지막 행에서 다시 "풀뿌리가 눕는 것은" 풀의 연속적인 경험의 노정을 암시해준다. 그러면서 몇몇 미해결점이 상기된다. 김수영 같은 도시적 정서의 시인이 자연물을 새롭게 소재로 삼은 점은? 풀이 '눕고/일어나고' '울고/웃는' 대조적인 의미는? 풀과 바람의 관계는? '발목/발밑'은 풀의 의인화인가 사람이 함께 하는 풍경인가? 끝 행에서 풀이 풀뿌리로 전환된 의미는?

쉬운 어휘들과 간결한 시행으로 이루어진 이 시를 읽고 심미적 감지만으로는 완전한 독서를 이루지 못했음을 파악하고 독자는 불확실한 기대지평으로 다시 시의 첫 행으로 돌아가게 된다. 이때 전상과 후상의 변증법, 추론과 예상, 문학작품의 관습에 대한 암묵적 지식과 수용자 기대지평의 작용에 의해 독서의 의미는 여러 양상으로 나뉜다. 우선 '풀'을 풀로 보는 것과 '풀'을 비유나 상징물로 보는 것이다.

「풀」을 풀에 관한 시로 읽는 독자들은 풀의 생태가 비와 바람과 어울려 이루는 자연의 한 풍경을 본다. 독자들은 시어 자체이 결을 즐기면서 바람에 불리는 풀밭이 시가적인 즐거움과 '눈잔치의 재경험'(유종호)을 체험한다. 희미한 어둠 속에서 풀이 열리는 공간물로 흔들리는 부드러운 힘을 느끼거나, 넓은 풀밭 한가운데 사람이 서서 자기 발 아래 풀이 바람에 불려 이리저리 나부끼는 광경을 바라보는 것 등으로 구체화할 수 있다.

한편, 김수영의 시에 대해 이미 특수한 경험의 기대지평을 가지고 있는 독자나 시대적 컨텍스트를 강하게 인식하는 독자들은 시「풀」이 어떤 것을 의미하는 하나의 상징물이리라는 선입견 혹은 기대를 가지고 작품을 해석하게 된다. 그 중 가장 강력한 해석은 민중으로 구체화하는 것이다. 독자들은 '풀'은 가냘프면서도 끈질긴 생명력으로 질기게 견뎌나가는 민초(民草)의 이미지로, 동풍과 비바람은 외세나 정치적 압제로 의미화한다. 그러면서도 '풀'을 민중으로 해석하는 독자들은 시행을 읽어나감에 따라 자주 부딪히게 된다. 그것은 풀이라는 생물의 생태가 "비를 몰아오는" 바람과 흐린 날을 싫어해 울 리가 없으리라는 것, "나부껴" "드디어"라는 표현을 선택한 것도 풀이 바람을 배척하는 움직임이라기보다 긍정적인 기다림으로 볼 수 있다는 점 등이다. 또한 외세인 바람과의 관계에서도 '바람보다 더 빨리 누워 우는' 것이 꼭 바람을 물리친 의미가 되지는 못할 것이며, 일어나 웃어야 승리하는 풀이 마지막 행에서 풀뿌리까지 누워버리는 것은 풀이 곧 민중이라는 해석의 일변도에 어느 정도 제재를 가한다.

정재서, 「다시 서는 동아시아문학:중국 소설의 기원을 찾아서」, 『상상』 1994년 9월호, pp.115~116.

김수영의 유명한 「풀」은 풀과 바람을 소재로 민중의 지배 세력에 대한 끊임없는 저항정신을 노래한 작품으로 읽혀진다. 그러나 고전에 대한 약간의 소양이라도 있는 사람이라면 이 시가 『논어』 「안연」(顔淵)편의 다음과 같은 구절을 새롭게 각색한 것임을 즉각 알아챌 것이다.

군자의 덕은 바람과 같고 소인의 덕은 풀과 같은 것. 풀 위에 바람이 지나가면 반드시 눕는 법이다.
(君子之德風, 小人之德草. 草上之風, 必偃.)

유교 이데올로기상의 군자―소인의 지배구조를 바람과 풀의 하향적 관계로 비유한 것을 김수영은 이 시대의 상황 논리에 의해 정반대의 정치적 은유를 이루어 냈던 것이다.

정종진, 『한국현대시, 그 감동의 역사』(태학사, 1999), pp.471~472.

훌륭한 시의 필요충분 조건이 지각의 엄숙성과 함께 미적 엄숙성이라 하면 위의 시는 미적 엄숙성에 더욱 투철하다. 이전의 김수영 시는 대부분 지각의 엄숙성에 무게 중심이 쏠려 있었다. 물론 「풀」에서, '풀'을 민중이 힘이나 존재를 상징한다고 고착관념을 가질 때, 지각의 엄숙성을 충분히 강하게 부각시킬 수도 있다. 그러나 민중적 의미만을 고집하지 않을 때 「풀」은 절묘한 음악성이나 다양한 상징성을 확인할 수 있게 된다. 특히 절묘한 음악성이 상징성을 더욱 보강시켜 시적 분위기를 매

혹적이게 한다. 그가 죽기 불과 보름 전에 최후로 완성한 이 작품은 미와 지각이 최상으로 융합한다.

조영복, 『한국 현대시와 언어의 풍경』(태학사, 1999), pp.149~150.

이 시는 동사, 눕다/울다/웃다의 연쇄적 연결고리로 이루어져 있다. 이 같은 시적 구조는 은유와 상징성, 언어 묘미의 자연스러운 병렬, 의미의 대위법을 주로 하는 시적 운용 구조와는 동떨어진 방식이다. '풀/바람'의, '눕다/일어나다'의 의미론적 대립이 있기는 하지만 이 시에서 은유나 상징성은 그다지 빛을 발하지 못한다. 오히려 이 시는 산문적 시적 진술이 반복의 구조를 이루면서 그 의미의 점층적 강화를 의도하는 듯 보인다. 시인이 관찰자로서 풀밭에 서 있다는 사실을 은연중에 감추고 있다는, '숨어 있는 누구'의 시선 은닉을 지적한 김현의 언급은 의미심장하다. 그것은 시인이 바람이 부는 풀밭에서 이 풀의 행위와 위치 변화를 직접 관찰함으로써 가능해졌다는 것인데, 이 시의 관찰자적 시선은 공간적으로 옮겨가는 형식으로 전개된다는 지적이다. 즉 동풍을 몰아오는 하늘에서 풀밭으로, 풀의 꼭대기에서 발목, 발밑으로 시선 이동이 진행되는 것과 병행해서 이 시의 공간은 확장된다. 시공간의 이동은 의미의 연쇄와 확장 그리고 강조로 이어진다. 즉 공간적 시간적 인접성에 의한 의미론적 확대와 수렴이 시의 형성 원리가 되어 있다는 것이다. 은유적 구조의 취약성이 반복과 리듬의 미묘한 결합 능력에 의해 극복되면서 시의 상징성을 얻고 있는 셈이다.

최동호, 「김수영의 문학사적 위치」, 『작가연구』 1998년 제5호, pp.34~38.

이 작품의 성가는 되풀이 말할 필요가 없을 정도이다. 그러나 이 작품의 명성이 유고작이기 때문만은 아니다. 비극적 죽음이 시적 울림의 배경음을 만들어주는 것은 틀림없지만, 김수영이 시인으로서 자신을 투척한 이래 방황과 충돌, 그리고 환희와 좌절을 경험하면서도 끝내 쓰러지지 않는 시적 성취를 집약하고 있다는 점에서 이 시의 문학적 가치가 설정된다.

이 시에서 크게 주목되는 것은 다음 세 가지이다. 첫째는 반복의 운동성이 불러일으키는 생명감이다. 그것은 동일한 시어의 반복을 통해 말의 역동성이 살아나고 주술적 마력까지 발휘하여 '눕고/일어서는'에 생명력을 불어넣고 있다는 것을 말한다. 김수영이 「시여 침을 뱉어라」에서 지적한 대로 이것은 시의 '노래의 유보성, 즉 예술성'의 '무의식적이고 은성적(隱性的)' 측면으로 시적 언어의 '은폐'가 드러난 예이다. 김수영이 하이데거의 「릴케론」에서 배운 것은 무엇일까. 그것은 그가 「반시론」에서 인용하고 있는 「올페우스에게 바치는 송가」의 제 13장에서 두드러지는 것은 다음 부분이다.

194

젊은이들이여, 그것은 뜨거운 첫사랑을 하면서 그대의 다문 입에
정열적인 목소리가 복받쳐 오를 때가 아니다. 배워라

그대의 격한 노래를 잊어버리는 법을. 그것은 아무 짝에도 쓸데없
는 것이다.

이 구절에서 김수영이 깊이 음미하였을 부분은 시의 예술적
본질이 '노래'라는 것이었으리라. 세계의 '개진'이 아니라 '은
폐'란 시의 본질적 속성이라 해도 과언이 아니다. 그러나 현실
의 복잡한 얼크러짐으로 인해 김수영에게 노래를 부를 만한 여
유와 시간이 허락되어 있지 않았다. 그가 초기에 추종하던 슈
르나 모더니즘의 기법들 또한 시의 노래적 특성을 강조한 것은
아니었을 뿐더러 그의 기질 또한 직정적이어서 현실에서의 체
험을 노래로 여과시킬 수 없었던 것이다. 노래보다는 속도감이
그의 취향에 더 잘 맞았던 것 같고, 이 속도감이야말로 날쌔게
자기변신을 거듭해야 하는 그가 갖고 있는 현대적 속성에 더
적절한 것이었을 것이다. 그러나 풀에 이르러 그는 단순한 반
복이나 속도감을 넘어서서 말의 생략과 여운까지 고려한 시적
행간의 배치를 구사한다. 반복을 통해 속도감을 획득하고 거기
에서 파생되는 시적 동력이 풀에 생명력을 불어넣는 단계까지
나아갔다고 할 것이다. 연약한 풀에서 굽히지 않는 동적 풀의
시학을 성립케 하는 것이다.
두 번째로 「풀」에서 말할 수 있는 것은 '웃음의 미학'이다.
마지막 제3연에서 볼 수 있는 '울어도/웃는다'라는 명제는 '누

워도/일어난다'라는 명제에 그대로 대응된다. 이 시의 모든 행
간에서 '눕고/울고/일어난다'가 반복되고 있지만, '웃는다'는
마지막 행의 바로 직전에 한 번 등장할 뿐이다. 이 시의 동력학
은 실상 "바람보다 먼저 웃는다"에 집약되는 것이라 해도 과언
이 아니다. 이 웃음은 패자의 미소이면서 동시에 그 패배를 딛
고 일어서는 '비애의 웃음'이다. 서러움은 김수영의 시적 출발
부터 줄곧 따라다닌 하나의 강박감이었다. 이 서러움 또는 패
배의 고뇌를 웃음으로 승화시키기 위해 온갖 시적·인간적 격
투가 필요했던 것이다. 풀이 바람보다 늦게 울어도, 바람보다
먼저 웃을 수 있음으로 인해 마지막 시행 "날이 흐리고 풀뿌리
가 눕는다"가 파동을 일으키며 일어나는 풀이 될 수 있는 것이
다. 눕고 울기만 하는 풀은 웃을 수 없다. 어쩌면 이것은 '눕고
/일어남'을 '울고/웃음'으로 깨달은 자가 터득한 지혜의 웃음
이기도 하다. 그 웃음은 피상적 관찰로 얻어진 것이 아니다. 발
목까지 발 밑까지 눕고/울고/일어났기 때문에 과거는 물론 앞
으로 닥친 어떤 시련이나 좌절도 끝내 극복할 수 있는 힘을 얻
는다고 할 것이다. '빨리'와 '먼저'의 되풀이는 끝내 체념으로
자신을 함몰시키는 것이 아니라 운명을 거부하고 웃음을 찾은
자의 것이며, 이 '서러움에서 비애의 웃음'에 이르는 과정에 작
동하고 있는 것이 비로 김수영의 사랑의 변증법이리는 사실이
다. 「적」에 대한 증오, 「풀의 영상」에서의 연약한 생명의 기류,
「사랑의 변주곡」에서의 사랑의 환희는 「이 한국문학사」나 「거
대한 뿌리」에 이어지고 풍자와 해탈을 동시에 껴안은 「누이야
장하고나!」의 시련을 거슬러 올라가는 것이다. 「중용에 대하

여」에서 그가 가면 쓴 중용을 '반동'이라고 명명할 때 그의 직정성은 「폭포」로 이어지고, 그의 풍자성은 「병풍」을 매개로 하여 「공자의 생활난」으로 회귀한다고 할 수 있다. 그러므로 다시 거슬러 내려와 「풀」에 이르러 역동성을 얻은 웃음은 초기의 희화적 왜곡을 뛰어넘어 풍자와 해탈을 동시에 포용하는 해탈의 웃음이다.

세 번째로 「풀」에 대해 말하고 싶은 것은 이 해탈의 웃음의 미학적 근거가 무엇인가 하는 점이다. 지금까지 거의 모든 평자들은 김수영의 혁명성·전위성·불온성·참신성 등으로 그의 시를 모더니즘시나 참여시의 테두리에서 논해왔다. 그러나 김수영의 시를 유심히 읽어본 사람은 공통적으로 확인할 수 있는 사실이지만, 김수영을 강하게 속박하고 있었던 것은 공자와 맹자로 대변되는 동양적 유가의 논리이자 시학이라는 점이다.

그가 「반시론」 서두에 '항산(恒産)이 항심(恒心)'이라고 말하거나, 「생활의 극복」에서 '슬퍼하되 상처를 입지 말고, 즐거워하되 음탕에 흐르지 말라(哀而不傷 樂而不淫—『논어』 제3장 八佾)'는 공자의 경구를 떠올리는 것은 단편적이기는 하지만 그냥 지나칠 수 없는 부분이다. 특히 「풀」에서 제시된 시적 이미지의 기본적 설정이 『논어』와 『맹자』에 되풀이 나온다는 것은 결코 심상한 일이 아니다.

도둑에 시달리던 계강자(季康子)가 공자에게 정치에 관해 물었을 때 공자는 다음과 같이 대답했다.

선생께서 정치를 하실 것이지 죽이는 일을 해서 무엇하시렵니까?

선생께서 선한 일을 원하신다면 백성들은 선해집니다. 군자의 덕은 바람이라 하겠고, 소인의 덕은 풀이라 하겠습니다. 풀은 위로 바람이 지나가면 반드시 눕습니다.

子爲政, 焉用殺, 子慾善, 而民善矣. 君子之德風, 小人之德草. 草上之風, 必偃.

—『論語』 제12장 「顔淵」

이와 같이 공자가 말한 바람과 풀의 비유는 다시 『맹자』의 제5장 「등문공」에서도 인용된다. 공자는 치자의 덕을 강조하여 바람과 풀에 비유하여 선정을 베풀라고 권하고 있는데, 김수영의 「풀」에서는 바람이 아니라 풀에 강조점이 주어지고, 풀의 속성 중에서도 '일어나는 풀'의 역동성에 초점이 맞추어져 있다.

그러나 이 눕고/일어나는 상관성을 벗어버릴 수 없으므로 울고/웃음이 연상된다. 바로 이 점에서 전통적인 공맹의 사상과 논리에서 한 걸음 나아간 참여시의 상징으로서 「풀」이 탄생한 것이다. 강자와 치자가 덕을 베풀지 않음으로 인해 성립된 반전통의 시학인 것이다. 이것이야말로 전통을 파괴하고 부정한 시인만이 도달할 수 있는 새로운 전통의 창조라고 할 수 있는 것이다. 전통의 부정이란 깊이 생각해보면, 더 깊은 전통에 자리잡고자 하는 파괴적 생성의 논리라고 할 것이다.

한영옥, 『한국현대시의 의식탐구』(새미, 1999), pp.101~102.

이 시에서 「풀」이라는 소재의 속성, 그 잔재는 말끔히 가시어 있다. 되풀이되는 언어의 리듬과 리듬의 지속에 의하여 「풀」은 자체의 속성을 벗어 던지고 스스로 언어화되고 새로운 존재로 발현된다. 일어나고 눕는 풀의 동작, 그 지속을 통하여 강렬한 역동성을 느끼고, 언어의 흐름 속에 중심을 잡고 있는 집단적 저류, 즉 내재화된 보편세계를 만날 수 있다. 그리고 이 보편세계는 다양한 의미로 확산되면서 시의 부피를 한정 없이 늘려준다. 따라서 이 시를 단순하게 민중시의 맥락 속에 놓는 것이 옳은 일이 아님은 그간 충분히 지적되어온 바다. "풀뿌리가 눕는다"에서 보는 대로 이 시는 「거대한 뿌리」의 이미지를 다시금 환기시킨다. 즉 땅 속의 뿌리가 가로눕는 것은 절대로 뽑히지 않겠다는 의지, 거대한 뿌리의 의지인 것이며 이 강인한 지탱은 변치 않는 영원한 사랑에 의한다는 것을 그의 시편들을 섞어 읽으면서 환기할 수 있었다. 풀은 '그의 정신 편력의 한 극점'이며 시의 자율성과 사회성이 고도로 형상화된 작품이다. 다시 말하자면 김수영 참여문학의 진정성을 완벽하게 구현해 보이는 작품이라 하겠다.

황동규, 「시의 소리」, 『사랑의 뿌리』(문학과지성사, 1976), pp.156~157.

이 시는 '풀'과 '바람'의 두 개의 명사, '눕다' '일어나다' '울다' '웃다'의 대립되는 동사 두 쌍만으로 이룩된 독특한 작품이다. 두 개의 명사와 두 쌍의 동사 뒤에 흐린 날 이라는 상황이 감싸고 있을 뿐, 이만한 길이에 이처럼 단순한 시는 달리 찾기 어려울 것이다.

여기서 우리가 풀을 민중의 상징이고 바람 특히 '비를 몰아오는 동풍'은 외세의 상징이라는 식의 의미를 부여해서는 곤란하다. 그런 의미를 붙이게 되면 비를 몰아오는 바람을 풀이 싫어할 리가 없다는 생물생태학적인 반론에 부딪치게 될 것이다. 그리고 바람보다 동작을 '빨리' '먼저' 한다고 해서 민중에 어떤 찬사를 주는 것이 되지도 못할 것이다.

그보다는 혼자서는 움직일 수 없는 풀과 풀을 움직이는 바람 양자 사이의 관계에 시선을 집중시킬 필요가 있을 것이다. 일단 시선이 주어지면, 움직일 수 없는 풀의 움직임이 움직임의 동력이 되는 바람보다 행위가 앞선다는 모순율에 부딪치게 된다. 그 모순은 이 시 전체에 걸쳐 반복된다. 그리하여 모순이 모순으로 느껴지지 않는 상태에 이른다. 눕는 행위와 일어서는 행위까지도 한 가지로 보이는 상태에까지 이른다. 그리고 다른 한 쌍의 동사인 '울다'와 '웃는다'도 한가지로 보이게 된다. 아니 모순이 모순으로 보이지 않게 되는 반복의 연속 속에서 어느 샌가 '운다'가 '웃는다'로 바뀐 것을 발견하게 된다. 그리고 우리는 그런 상태 속에서 생의 깊이와 관련된 어떤 감동을 밋보는 것이다. 그것은 언어의 효과적인 반복 속에서 논리를 초월하는, 인간의 영역이 넓어지는 쾌감까지 곁들인 그런 감동이다.